Robert Musil
Vereinigung. Erzählungen:
Die Vollendung der Liebe
Die Versuchung der stillen Veronika

I0665640

fabula Verlag Hamburg

ISBN: 978-3-95855-369-9
Druck: fabula Verlag Hamburg, 2018
Covergestaltung: Violetta Wegel

Der fabula Verlag Hamburg ist ein Imprint der Diplomica Verlag GmbH.
Bibliografische Information der Deutschen Nationalbibliothek:
Die Deutsche Nationalbibliothek verzeichnet diese Publikation in der Deutschen Nationalbibliografie; detaillierte bibliografische Daten sind im Internet
über http://dnb.d-nb.de abrufbar.

© fabula Verlag Hamburg, 2018
http://www.fabula-verlag-hamburg.de
Printed in Germany
Alle Rechte vorbehalten.
Der fabula Verlag Hamburg übernimmt keine juristische Verantwortung oder
irgendeine Haftung für evtl. fehlerhafte Angaben und deren Folgen.

Robert Musil

Vereinigung. Erzählungen:
Die Vollendung der Liebe
Die Versuchung der stillen Veronika

fabula

DIE VOLLENDUNG DER LIEBE

»Kannst du wirklich nicht mitfahren?«

»Es ist unmöglich; du weißt, ich muß trachten, jetzt rasch zu Ende zu kommen.«

»Aber Lilli würde sich so freuen…«

»Gewiß, gewiß, aber es kann nicht sein.«

»Und ich habe gar keine Lust ohne dich zu reisen…« Seine Frau sagte das, während sie den Tee einschenkte, und sie sah dabei zu ihm herüber, der in der Ecke des Zimmers in dem hellgeblümten Lehnstuhl saß und an einer Zigarette rauchte. Es war Abend und die dunkelgrünen Jalousien blickten außen auf die Straße, in einer langen Reihe anderer dunkelgrüner Jalousien, von denen sie nichts unterschied. Wie ein Paar dunkel und gleichmütig herabgelassener Lider verbargen sie den Glanz dieses Zimmers, in dem der Tee aus einer matten silbernen Kanne jetzt in die Tassen fiel, mit einem leisen Klingen aufschlug und dann im Strahle stillzustehen schien, wie eine gedrehte, durchsichtige Säule aus strohbraunem, leichtem Topas… In den etwas eingebogenen Flächen der Kanne lagen Schatten von grünen und grauen Farben, auch blaue und gelbe; sie lagen ganz still, wie wenn sie dort zusammengeflossen wären und nicht weiter könnten. Der Arm der Frau aber ragte von der Kanne weg und der Blick, mit dem sie nach ihrem Manne sah, bildete mit ihm einen starren, steifen Winkel.

Gewiß einen Winkel, wie man sehen konnte; aber jenes andere, beinahe Körperliche konnten nur diese beiden Menschen in ihm fühlen, denen es vorkam, als spannte er sich zwischen ihnen wie eine Strebe aus härtestem Metall und hielte sie auf ihren Plätzen fest und verbände sie doch, trotzdem sie so weit auseinander waren, zu einer Einheit, die man fast mit den Sinnen empfinden konnte;... es stützte sich auf ihre Herzgruben und sie spürten dort den Druck,... er richtete sie steif an den Lehnen ihrer Sitze in die Höhe, mit unbewegten Gesichtern und unverwandten Blicken, und doch fühlten sie dort, wo er sie traf, eine zärtliche Bewegtheit, etwas ganz Leichtes, als ob ihre Herzen wie zwei Schwärme kleiner Schmetterlinge ineinanderflatterten...

An diesem dünnen, kaum wirklichen und doch so wahrnehmbaren Gefühl hing, wie an einer leise zitternden Achse, das ganze Zimmer und dann an den beiden Menschen, auf die sie sich stützte: Die Gegenstände hielten umher den Atem an, das Licht an der Wand erstarrte zu goldenen Spitzen,... es schwieg alles und wartete und war ihretwegen da;... die Zeit, die wie ein endlos glitzernder Faden durch die Welt läuft, schien mitten durch dieses Zimmer zu gehen und schien mitten durch diese Menschen zu gehen und schien plötzlich einzuhalten und steif zu werden, ganz steif und still und glitzernd,... und die Gegenstände rückten ein wenig aneinander. Es war jenes Stillstehen und dann leise Senken, wie wenn sich plötzlich Flächen ordnen und ein Kristall sich bildet... Um diese beiden Menschen, durch die seine Mitte lief und die sich mit einemmal durch dieses Atemanhalten und Wölben und Um-sie-Lehnen wie durch Tausende spiegelnder Flächen ansahen und wieder so ansahen, als ob sie einander zum erstenmal erblickten...

Die Frau setzte den Tee ab, ihre Hand legte sich auf den Tisch; wie erschöpft von der Schwere ihres Glücks, sank ein jedes in seine Kissen zurück, und während sie sich mit den Augen aneinander festhielten, lächelten sie wie verloren und hatten das Bedürfnis nichts vor sich zu sprechen; sie sprachen wieder von dem Kranken, von einem Kranken eines Buches, das sie gelesen hatten, und sie begannen gleich mit einer ganz bestimmten Stelle und Frage, als ob sie daran gedacht hätten, obwohl das nicht wahr war, denn sie nahmen damit nur ein Gespräch wieder auf, das sie schon durch Tage in einer sonderbaren Weise festgehalten hatte, so als ob es sein Gesicht verbürge und, während es von dem Buche handelte, eigentlich anderswohin sähe; nach einer Weile waren ihre Gedanken dann auch ganz merklich über diesen unbewußten Vorwand wieder zu ihnen selbst zurückgekehrt.

»Wie mag ein solcher Mensch wie dieser G. sich wohl selbst sehen?« fragte die Frau und sprach – in Nachdenken versunken, fast nur wie für sich allein – weiter. »Er verführt Kinder, er verleitet junge Frauen, sich selbst zu schänden; und dann steht er da und lächelt und starrt gebannt auf das bißchen Erotik, das irgendwo wie ein schwacher Schein in ihm wetterleuchtet. Glaubst du, daß er unrecht zu handeln meint?«

»Ob er es meint? ... Vielleicht; vielleicht nicht«, antwortete der Mann, »vielleicht darf man bei solchen Gefühlen gar nicht so fragen.«

»Ich glaube aber«, sagte die Frau, und jetzt zeigte sich darin, daß sie gar nicht von diesem einen zufälligen Menschen sprach, sondern von irgend etwas Bestimmtem, das für sie bereits hinter ihm dämmerte, »ich glaube, er meint gut zu handeln.«

Die Gedanken liefen nun eine Weile lautlos Seite an Seite, dann tauchten sie – weit draußen in den Worten wieder auf; es war trotzdem, als hielten sie einander noch schweigend bei den Händen und wäre schon alles gesagt. » ... er tut seinen Opfern schlecht, weh, er muß wissen, daß er sie demoralisiert, ihre Sinnlichkeit verstört und in eine Bewegung bringt, die nie mehr an einem Ziel wird ruhen können; ... und dennoch, es ist, als ob man ihn dabei lächeln sähe, ... ganz weich und bleich im Gesicht, ganz wehmütig und doch entschlossen, voll Zärtlichkeit; ... mit einem Lächeln, das voll Zärtlichkeit über ihm und seinem Opfer schwebt,… wie ein Regentag über dem Land, der Himmel schickt ihn, es ist nicht zu fassen, in seiner Wehmut liegt alle Entschuldigung, in dem Fühlen, mit dem er die Zerstörung begleitet… Ist nicht jedes Gehirn etwas Einsames und Alleiniges?…«

»Ja, ist nicht jedes Gehirn etwas Einsames?« Diese beiden Menschen, die jetzt wieder schwiegen, dachten gemeinsam an jenen Dritten, Unbekannten, an diesen einen von den vielen Dritten, als ob sie miteinander durch eine Landschaft gingen:… Bäume, Wiesen, ein Himmel und plötzlich ein Nichtwissen, warum alles hier blau und dort voll Wolken ist;… sie fühlten alle diese Dritten um sich stehen, wie jene große Kugel, die uns einschließt und uns manchmal fremd und gläsern ansieht und frieren macht, wenn der Flug eines Vogels eine unverständlich taumelnde Linie in sie hineinritzt. Es war in dem abendlichen Zimmer mit einemmal ein kaltes, weites, mittaghelles Alleinsein.

Da sagte einer von ihnen, und es war, wie wenn man leise eine Geige anstriche: »… er ist wie ein Haus mit verschlossenen Türen. In ihm ist, was er getan hat, vielleicht wie eine weiche Musik, aber wer kann sie hören? Es würde durch sie vielleicht alles zu sanfter Wehmut…«

Und der andere antwortete: »… vielleicht ist er immer wieder mit tastenden Händen durch sich gegangen, um ein Tor zu finden, und steht endlich still und legt nur mehr sein Gesicht an die verdichteten Scheiben und sieht von fern die geliebten Opfer und lächelt…«

Sonst sprachen sie nichts, aber in ihrem selig verschlungenen Schweigen klang es höher und weiter. »… Nur dieses Lächeln holt sie ein und schwebt über ihnen und noch aus der zuckenden Häßlichkeit ihrer verblutenden Gebärden flicht es einen dünnstengligen Strauß… Und zögert zärtlich, ob sie ihn fühlen, und läßt ihn fallen und steigt entschlossen, von dem Geheimnis seines Alleinseins mit bebenden Flügeln getragen, wie ein fremdes Tier in die Wunder volle Leere des Raums.«

Auf dieser Einsamkeit fühlten sie das Geheimnis ihres Zuzweienseins ruhen. Es war ein dunkles Gefühl der Welt um sie, das sie aneinanderschmiegte, es war ein traumhaftes Gefühl der Kälte von allen Seiten bis auf eine, wo sie aneinanderlehnten, sich entlasteten, deckten, wie zwei wunderbar aneinandergepaßte Hälften, die, zusammengefügt, ihre Grenze nach außen verringern, während ihr Inneres größer ineinanderflutet. Sie waren manchmal unglücklich, weil sie nicht alles bis ins letzte einander gemeinsam machen konnten.

»Erinnerst du dich«, sagte plötzlich die Frau, »als du mich vor einigen Abenden küßtest, wußtest du, daß da etwas zwischen uns war? Es war mir etwas eingefallen, im gleichen Augenblick, etwas ganz Gleichgültiges, aber es war nicht du und es tat mir plötzlich weh, daß es nicht du sein mußte. Und ich konnte es dir nicht sagen und mußte erst über dich lächeln, weil du es nicht wußtest und mir ganz nah zu sein glaubtest, und wollte es dir dann nicht mehr sagen und wurde böse auf dich, weil du es nicht selbst fühltest, und deine Zärtlichkeiten fanden mich nicht mehr. Und ich traute mich nicht, dich zu bitten, daß du mich lassen solltest, denn in Wirklichkeit war es ja nichts, ich war dir ja nah in Wirklichkeit, und doch war es, wie ein undeutlicher Schatten war es zugleich, als könnte ich fern von dir und ohne dich sein. Kennst du dieses Gefühl, es stehen manchmal alle Dinge plötzlich zweimal da, voll und deutlich, wie man sie weiß, und dann noch einmal, blaß, dämmernd und erschreckt, als ob sie heimlich und schon fremd der andere anblickte? Ich hätte dich nehmen mögen und in mich zurückreißen ... und dann wieder dich wegstoßen und mich auf die Erde werfen, weil es möglich gewesen war ... «

»War das damals ...?«

»Ja, das war damals, als ich dann plötzlich unter dir zu weinen begann; wie du glaubtest, aus Übermaß der Sehnsucht, mit meinem Fühlen noch tiefer in deines zu dringen. Sei mir nicht bös, ich mußte es dir sagen und weiß nicht warum, es ist ja nur eine Einbildung gewesen, aber sie schmerzte mich so, ich glaube, nur deswegen mußte ich an diesen G. denken. Du…?«

Der Mann im Sessel hatte die Zigarette weggelegt und war aufgestanden. Ihre Blicke klammerten sich aneinander fest, mit jenem gespannten Schwanken der Körper zweier Menschen, die auf einem Seil nebeneinanderstehn. Dann sagten sie nichts, sondern zogen die Läden hoch und sahen auf die Straße hinaus; ihnen war, als lauschten sie auf ein Knistern von Spannungen in sich, die etwas wieder neu formten und zur Ruhe legten. Sie fühlten, daß sie ohneeinander nicht leben konnten und nur zusammen, wie ein kunstvoll in sich gestütztes System, das zu tragen vermochten, was sie wollten. Wenn sie aneinander dachten, erschien es ihnen fast krank und schmerzhaft, so zart und gewagt und unerfaßbar fühlten sie in seiner Empfindlichkeit gegen die kleinste Unsicherheit in seinem Innern ihr Verhältnis.

Nach einer Weile, als sie im Anblick der fremden Welt draußen wieder sicher geworden waren, wurden sie müde und wünschten nebeneinander einzuschlafen. Sie fühlten nichts als einander und doch war es – schon ganz klein und im Dunkel verschwindend – noch ein Gefühl wie nach allen vier Weiten des Himmels.

***

Am nächsten Morgen fuhr Claudine nach der kleinen Stadt, wo das Institut war, in dem ihre dreizehnjährige Tochter Lilli erzogen wurde. Dieses Kind stammte aus ihrer ersten Ehe, aber sein Vater war ein amerikanischer Zahnarzt, den Claudine – während eines Landaufenthaltes von Schmerzen gepeinigt – aufgesucht hatte. Sie hatte damals vergeblich auf den Besuch eines Freundes gewartet, dessen Eintreffen sich über alle Geduld hinaus verzögerte, und in einer eigentümlichen Trunkenheit von Ärger, Schmerzen, Äther und dem runden weißen Gesicht des Dentisten, das sie durch Tage beständig über dem ihren schweben sah, war es geschehen. Es erwachte niemals das Gewissen in ihr wegen dieses Vorfalls, noch wegen irgendeines jenes ersten, verlorenen Teils ihres Lebens; als sie nach mehreren Wochen noch einmal zur Nachbehandlung kommen mußte, ließ sie sich von ihrem Stubenmädchen begleiten, und damit war das Erlebnis für sie beendet; es blieb nichts davon als die Erinnerung an eine sonderbare Wolke von Empfindungen, die sie eine Weile wie ein plötzlich über den Kopf geworfener Mantel verwirrt und erregt hatte und dann rasch zu Boden geglitten war.

Denn es blieb ein Merkwürdiges in all ihrem damaligen Tun und Erleben. Es kam vor, daß sie kein so schnelles und gehaltenes Ende fand wie jenes eine Mal und lange scheinbar ganz unter der Herrschaft irgendwelcher Männer stand, für die sie dann bis zur Selbstaufopferung und vollen Willenlosigkeit alles tun konnte, was sie von ihr verlangten, aber es geschah nie, daß sie nachher das Gefühl starker oder wichtiger Ereignisse hatte; sie beging und erlitt Handlungen von einer Stärke der Leidenschaft bis zur Demütigung und verlor doch nie ein Bewußtsein, daß alles, was sie tat, sie im Grunde nicht berühre und im Wesentlichen nichts mit ihr zu tun habe. Wie ein Bach rauschte dieses Treiben einer unglücklichen, alltäglichen, untreuen Frau von ihr fort, und sie hatte doch nur das Gefühl, reglos und in Gedanken daran zu sitzen.

Es war ein niemals deutliches Bewußtsein einer fern begleitenden Innerlichkeit, das diese letzte Zurückhaltung und Sicherheit in ihr bedenkenloses Sich-den-Menschen-Ausliefern brachte. Hinter allen Verknüpfungen der wirklichen Erlebnisse lief etwas unaufgefunden dahin, und obwohl sie diese verborgene Wesenheit ihres Lebens nie noch ergriffen hatte und vielleicht sogar glaubte, daß sie niemals bis zu ihr hin werde dringen können, hatte sie doch bei allem, was geschah, davon ein Gefühl wie ein Gast, der ein fremdes Haus nur ein einziges Mal betritt und sich unbedenklich und ein wenig gelangweilt allem überläßt, was ihm dort begegnet.

Und dann war alles, was sie tat und litt, für sie in dem Augenblick versunken, wo sie ihren jetzigen Mann kennengelernt hatte. Sie war von da in eine Stille und Einsamkeit getreten, es kam nicht mehr darauf an, was vordem gewesen war, sondern nur auf das, was jetzt daraus wurde, und alles schien nur dazu dagewesen zu sein, daß sie einander stärker fühlten, oder war überhaupt vergessen. Ein betäubendes Empfinden des Wachsens hob sich wie Berge von Blüten um sie, und nur ganz fern blieb ein Gefühl von ausgestandner Not, ein Hintergrund, von dem sich alles löste, wie in der Wärme schlaftrunken Bewegungen aus hartem Frost erwachen.

Nur ein einziges lief vielleicht, dünn, blaß und kaum wahrnehmbar, von ihrem damaligen Leben in das jetzige hinein. Und daß sie gerade heute wieder an alles denken mußte, konnte durch Zufall gekommen sein oder weil sie zu ihrem Kinde fuhr oder wegen irgendeines Gleichgültigen sonst, es war aber erst am Bahnhof aufgetaucht, als sie dort – unter den vielen Menschen, und von ihnen bedrückt und beunruhigt – plötzlich leise von einem Gefühl berührt wurde, das sie, wie es so halb und verschwindend vorbeitrieb, dunkel und fern und doch in fast leibhafter Gleichheit an jenen beinahe vergessenen Lebensabschnitt erinnerte.

Ihr Mann hatte keine Zeit gehabt, Claudine zur Bahn zu begleiten, sie wartete allein auf den Zug, um sie drängte und stieß sich die Menge und schob sie langsam hin und her wie eine große, schwere Woge von Spülicht. Die Gefühle, die ringsum auf den morgendlich geöffneten, bleichen Gesichtern lagen, schwammen auf ihnen durch den dunklen Raum wie Laich auf fahlen Wasserflächen. Es ekelte ihr. Sie empfand den Wunsch, was sich hier trieb und schob, mit einer nachlässigen Gebärde von ihrem Weg zu scheuchen, aber – war es die körperliche Überlegenheit um sie, was sie entsetzte, oder nur dieses trübe, gleichmäßige, gleichgültige Licht unter einem riesigen Dach von schmutzigem Glas und wirren eisernen Streben – während sie scheinbar gleichmütig und höflich unter den Menschen ging, fühlte sie, daß sie es tun mußte, und erlitt es im Innersten wie eine Demütigung. Sie suchte vergeblich in sich einen Schutz; es war, als hätte sie sich, langsam und wiegend, in dem Gedränge verloren, ihre Augen fanden sich nicht mehr zurecht, sie konnte sich auch nicht auf sich besinnen, und wenn sie sich mühte, spannte sich ein dünner weicher Kopfschmerz vor ihre Gedanken.

Sie lehnten sich hinein und suchten das Gestern zu erreichen; aber Claudine gewann davon bloß ein Bewußtsein, als trüge sie heimlich etwas Kostbares und Zartes. Und sie durfte es nicht verraten, weil die andern Menschen es nicht verstehen konnten und sie schwächer war und sich nicht zu verteidigen vermochte und sich fürchtete. Schmal und eingezogen ging sie zwischen ihnen, voll Hochmut, und zuckte zusammen, wenn ihr jemand zu nahe kam, und verbarg sich hinter einer bescheidenen Miene. Und fühlte dabei, heimlich entzückt, ihr Glück, wie es schöner wurde, wenn sie nachgab und sich dieser leise wirren Angst überließ.

Und daran erkannte sie es. Denn so war es damals; ihr kam plötzlich vor: einst, als sei sie lange anderswo und doch nie fern gewesen. Es war ein Dämmerndes um sie und Ungewisses wie das ängstliche Verbergen von Leidenschaften Kranker, ihr Tun riß sich in Stücken von ihr los und wurde von den Gedächtnissen fremder Menschen davongetragen, nichts hatte jenen Ansatz zur Frucht in ihr zurückgelassen, der eine Seele leise zu schwellen anfängt, wenn die andern glauben sie völlig entblättert zu haben und sich satt von ihr abwenden; … und doch lag blaß bei allem, was sie litt, ein Schimmer wie von einer Krone, und in dem dumpfen, summenden Weh, das ihr

Leben begleitete, zitterte ein Glanz. Zuweilen war ihr dann, als brennten ihre Schmerzen wie kleine Flammen in ihr, und irgend etwas trieb sie, ruhelos neue zu entzünden; sie glaubte dabei, einen schneidenden Reif um die Stirn zu fühlen, so unsichtbar und unwirklich wie aus Traum und Glas, und manchmal war es nur ein fernes kreisendes Singen in ihrem Kopf…

Claudine saß reglos, während der Zug mit leisem Schütteln durch die Landschaft fuhr. Ihre Mitreisenden unterhielten sich, sie hörte es nur wie ein Rauschen. Und während sie jetzt an ihren Mann dachte und ihre Gedanken von einem weichen, müden Glück umschlossen waren wie von Schneeluft, war es doch bei aller Weichheit etwas, das fast am Bewegen hinderte oder wie wenn ein genesender, an das Zimmer gewöhnter Körper die ersten Schritte im Freien tun soll, ein Glück, das still stehen macht und beinahe weh tut;… und dahinter rief noch immer dieser unbestimmt schwankende Ton, den sie nicht fassen konnte, fern, vergessen, wie ein Kinderlied, wie ein Schmerz, wie sie,… in weiten schwankenden Kreisen zog er ihre Gedanken nach sich und sie konnten ihm nicht ins Gesicht sehn.

Sie lehnte sich zurück und blickte zum Fenster hinaus. Es erschöpfte sie, länger daran zu denken; ihre Sinne waren ganz wach und empfindlich, aber etwas hinter den Sinnen wollte still sein, sich dehnen, die Welt über sich hingleiten lassen… Telegraphenstangen fielen schief vorbei, die Felder mit ihren schneefreien, dunkelbraunen Furchen wanden sich ab, Sträucher standen wie auf dem Kopf mit Hunderten gespreizter Beinchen da, an denen Tausende kleiner Glöckchen von Wasser hingen und fielen, liefen, blitzten und glitzerten,… es war etwas Lustiges und Leichtes, ein Weitwerden, wie wenn Wände sich auftun, etwas Gelöstes und Entlastetes und ganz Zärtliches. Selbst von ihrem Körper hob sich die sanfte Schwere, in den Ohren ließ sie ein Gefühl wie von tauendem Schnee und allmählich nichts als ein beständiges lockeres

Klingeln. Ihr war, als lebte sie mit ihrem Mann in der Welt wie in einer schäumenden Kugel voll Perlen und Blasen und federleichter, rauschender Wölkchen. Sie schloß die Augen und gab sich dem hin.

Aber nach einer Weile begann sie wieder zu denken. Das leichte, gleichmäßige Schwanken des Zugs, das Aufgelockerte, Tauende der Natur draußen, – es war als hätte sich ein Druck von Claudine gehoben, es fiel ihr plötzlich ein, daß sie allein war. Sie sah unwillkürlich auf; um ihre Sinne trieb es noch immer in leise rauschenden Wirbeln dahin; es war, wie wenn man eine Tür, deren man sich nie anders als geschlossen entsinnt, einmal offen findet. Vielleicht hatte sie den Wunsch danach schon lang empfunden, vielleicht hatte verborgen etwas hin und her geschwungen in der Liebe zwischen ihr und ihrem Mann, aber sie hatte nichts gewußt, als daß es sie immer fester wieder aneinanderzog, nun war ihr plötzlich, als hätte es heimlich etwas lange Geschlossenes in ihr zersprengt; es stiegen langsam wie aus einer kaum sichtbaren, aber bis an irgendeine Tiefe reichenden Wunde, in kleinen, unaufhörlichen Tropfen, daraus Gedanken und Gefühle empor und weiteten die Stelle.

Es gibt so viele Fragen in dem Verhältnis zu geliebten Menschen, über die der Bau des gemeinsamen Lebens hinausgeführt werden muß, bevor sie zu Ende gedacht sind, und später läßt das Gewordene keine Kraft mehr frei, um es sich anders auch nur vorzustellen. Dann steht wohl irgendwo am Weg ein sonderbarer Pfahl, ein Gesicht, säumt ein Duft, verläuft in Gras und Steinen ein nie betretener Pfad, man weiß, man müßte zurückkehren, sehen, aber alles drängt vorwärts, nur wie Spinnwebfaden, Träume, ein raschelnder Ast zögert etwas am Schritt und von einem nicht gewordenen Gedanken strahlt eine stille Lähmung aus. In der letzten Zeit, manchmal, vielleicht etwas häufiger, war dieses Zurücksehen, ein stärkeres Sichzurückbiegen nach der Vergangenheit.

11

Claudinens Treue lehnte sich dagegen auf, gerade weil sie keine Ruhe, sondern ein Kräftefreimachen war, ein gegenseitiges Einanderstützen, ein Gleichgewicht durch die beständige Bewegung nach vorwärts. Ein Hand in Hand laufen, aber manchmal kam, mitten darin, doch, plötzlich, diese Versuchung stehenzubleiben, ganz allein stehenzubleiben und um sich zu sehn. Sie fühlte dann ihre Leidenschaft wie etwas Zwingendes, Nötigendes, Fortreißendes; und noch wenn es überwunden war und sie Reue fühlte und das Bewußtsein von der Schönheit ihrer Liebe sie von neuem überkam, war das starr und schwer wie ein Rausch und sie begriff entzückt und ängstlich jede ihrer Bewegungen so groß und steif darin wie in goldenen Brokat verschnürt; irgendwo aber lockte etwas und lag still und bleich wie Märzsonnenschatten auf frühlingswunder Erde.

Claudine wurde auch in ihrem Glück zuweilen von dem Bewußtsein einer bloßen Tatsächlichkeit, fast seines Zufalls befallen; sie dachte manchmal, es müßte noch eine andere, ferne Art des Lebens für sie bestimmt sein. Es war das vielleicht nur die Form eines Gedankens, die von früher in ihr zurückgeblieben war, nicht ein wirklich gemeinter Gedanke, sondern nur ein Gefühl, wie es ihn einst begleitet haben mochte, eine leere, unaufhörliche Bewegung des Spähens und Hinaussehens, die – zurückweichend und nie zu erfüllend – ihren Inhalt längst verloren hatte und wie die Öffnung eines dunklen Gangs in ihren Träumen lag.

Vielleicht war es aber ein einsames Glück, viel wunderbarer als alles. Etwas Lockeres, Bewegliches und dunkel Empfindsames an einer Stelle ihres Verhältnisses, wo in der Liebe anderer Menschen nur knöchern und seelenlos das feste Traggerüst liegt. Eine leise Unruhe war in ihr, ein fast krankhaftes Sich-nach-äußerster- Gespanntheit-Sehnen, die Ahnung einer letzten Steigerung. Und manchmal war es, als sei sie einem ungekannten Liebesleid bestimmt.

Zuweilen wenn sie Musik hörte, berührte diese Ahnung ihre Seele, heimlich, weit draußen, irgendwo…; sie erschrak dann darüber, dort, im Unkenntlichen plötzlich noch ihre Seele zu spüren. Jedes Jahr aber kam eine Zeit, in der Winterwende, wo sie sich diesen äußersten Grenzen näher fühlte als sonst. In diesen nackten, entkräftet zwischen Leben und Tod hängenden Tagen empfand sie eine Wehmut, die nicht die des gewöhnlichen Verlangens nach Liebe sein konnte, sondern fast eine Sehnsucht, diese große Liebe, die sie besaß, zu verlassen, als dämmerte vor ihr der Weg einer letzten Verkettung und führte sie nicht mehr zum Geliebten hin, sondern fort und schutzlos in die weiche, trockene Welkheit einer schmerzhaften Weite. Und sie merkte, daß das von einer fernen Stelle kam, wo ihre Liebe nicht mehr bloß etwas zwischen ihnen allein war, sondern in blassen Wurzeln unsicher an der Welt hing.

Wenn sie zusammen gingen, waren ihre Schatten nur ganz dünn gefärbt und hingen so locker an ihrem Schritt, als vermöchten sie ihn nicht an die Erde zu binden, und der Klang des harten Bodens unter ihren Füßen war so kurz und versinkend und kahle Sträucher starrten so in den Himmel, daß es in diesen von einer ungeheuren Sichtbarkeit durchschauerten Stunden war, als ob sich mit einemmal die stummen, folgsamen Dinge von ihnen losgemacht hätten und seltsam würden, und sie waren hoch und aufgerichtet in dem halben Licht, wie Abenteurer, wie Fremde, wie Unwirkliche, von ihrem Verhallen ergriffen, voll Stücken eines Unbegreiflichen in sich, dem nichts antwortete, das von allen Gegenständen abgeschüttelt wurde und von dem ein zerbrochener Schein in die Welt fiel, der verworfen und ohne Zusammenhang da in einem Ding, dort in einem entschwindenden Gedanken aufleuchtete.

Dann vermochte sie zu denken, daß sie einem andern gehören könnte, und es erschien ihr nicht wie Untreue, sondern wie eine letzte Vermählung, irgendwo wo sie nicht waren, wo sie nur wie Musik waren, wo sie eine von niemandem gehörte und von nichts widerhallte Musik waren. Denn dann fühlte sie ihr Dasein nur wie eine knirschende Linie, die sie eingrub, um sich in dem wirren Schweigen zu hören, wie etwas, wo ein Augenblick den nächsten fordert und sie das wurde, was sie tat, – unaufhaltsam und belanglos – und doch etwas blieb, was sie nie tun konnte. Und während ihr plötzlich war, als möchte es sein, daß sie einander erst mit der Lautheit des einen leisen, fast wahnsinnig innigen, schmerzlichen Ton Nichthörenwollens liebten, ahnten ihr die tieferen Verwicklungen und ungeheuren Verschlingungen, die in den Pausen geschahen, den Lautlosigkeiten, den Augenblicken des aus dem Tosen in die uferlose Tatsache Aufwachens, unter bewußtlosen Geschehnissen mit einem Gefühl dazustehn; und mit dem Schmerz des einsamen nebeneinander Dahineinragens, – vor dem alles andere Handeln nur ein Betäuben und Verschließen und mit Lärm Sicheinschläfern war, – liebte sie ihn, wenn sie dachte, ihm das letzte erdschwere Weh zu tun.

Noch Wochen danach blieb ihrer Liebe diese Farbe; dann verging es. Aber oft, wenn sie die Nähe eines andern Menschen fühlte, kehrte es schwächer wieder. Es genügte ein gleichgültiger Mensch, der etwas Gleichgültiges sprach, und sie empfand sich wie von dorther angesehen… erstaunt… warum bist du noch hier? Es geschah nie, daß sie nach solchen fremden Geschöpfen verlangte; es war ihr schmerzhaft an sie zu denken; es ekelte ihr. Aber es war mit einemmal das körperlose Schwanken der Stille um sie; und sie wußte dann nicht, ob sie sich hob oder sank.

Claudine sah jetzt hinaus. Es war draußen alles noch so wie vorher. Aber – ob es nun eine Folge ihrer Gedanken war oder warum sonst – schal und unnachgiebig lag ein Widerstand darüber, als sähe sie durch eine dünne, milchige Widrigkeit hindurch. Jene unruhige, überleichte, tausendbeinige Lustigkeit war unerträglich gespannt geworden; es trippelte und floß, überreizt und äffend, wie von zwergenhaften Schritten darinnen etwas allzu Lebhaftes und blieb für sie doch stumm und tot; da, dort warf es sich wie ein leeres Klappern empor, schliff wie mit einer ungeheuren Reibung dahin.

Es tat ihr körperlich weh, in diese Bewegung zu schauen, in der ihr Empfinden nicht mehr war. Dieses Leben, das kurz vorher noch in sie hineingedrungen und Gefühl geworden war, sah sie noch da, draußen, voll von sich und benommen, aber sobald sie es an sich zu ziehen suchte, bröckelten die Dinge ab und zerfielen unter ihrem Ansehn. Es entstand eine Häßlichkeit, die seltsam in den Augen bohrte, als beugte sich dort ihre Seele hinaus, weit und gespannt, und langte nach etwas und griffe ins Leere…

Und mit einemmal fiel ihr ein, daß auch sie – genauso wie all dies – in sich gefangen und auf einen Platz gebunden dahinlebte, in einer bestimmten Stadt, in einem Hause darin, einer Wohnung und einem Gefühl von sich, durch Jahre auf diesem winzigen Platz, und da war ihr, als ob auch ihr Glück, wenn sie einen Augenblick stehenbliebe und wartete, wie solch ein Haufen grölender Dinge davonziehen könnte.

Aber es erschien ihr nicht bloß als ein zufälliger Gedanke, sondern es war etwas darin von dieser sich grenzenlos aufrichtenden Öde, in der ihr Gefühl vergeblich einen Halt suchte, und es rührte sie ganz leise etwas an, wie es einen Kletterer an einer Wand faßt, und es kam ein ganz kalter, stiller Augenblick, wo sie sich selbst hörte wie ein kleines, unverständliches Geräusch an der ungeheuren Fläche und dann an einem plötzlichen Verstummen merkte, wie leise sie gesickert war und wie groß und voll grauenhaft vergessener Geräusche dagegen die steinerne Stirn der Leere.

Und während sie sich davor einzog wie eine dünne Haut und die lautlose Angst, an sich zu denken, in den Fingerspitzen spürte und ihre Empfindungen wie kleine Körnchen an ihr klebten und ihre Gefühle wie Sand rieselten, hörte sie wieder den eigentümlichen Ton; wie ein Punkt, ein Vogel schien er in der Leere zu schweben.

Und da empfand sie plötzlich alles wie ein Schicksal. Daß sie gereist war, daß die Natur vor ihr zurückwich, daß sie sich gleich zu Beginn dieser Fahrt so scheu geduckt und gefürchtet hatte, vor sich, vor den anderen, vor ihrem Glück, und ihre Vergangenheit erschien ihr mit einemmal wie ein unvollkommener Ausdruck von etwas, das erst geschehen mußte.

Sie sah ängstlich noch immer hinaus. Aber es begann allmählich unter dem Druck des ungeheuer Fremden ihr Geist sich aller Abwehr und bezwingenwollenden Kräfte zu schämen, und ihr war, als besänne er sich, und es ergriff ihn leise jene feinste, letzte, geschehenlassende Kraft der Schwäche, und er wurde dünner und schmaler als ein Kind und weicher als ein Blatt verblichener Seide; und nur mehr mit einem sanft heraufdämmernden Entzücken empfand sie dieses tiefste, abschiedhaft menschliche Glück der Fremdheit in der Welt, mit dem Gefühl, nicht in sie eindringen zu können, zwischen ihren Entscheidungen keine für sich bestimmt zu finden und, mitten unter ihnen an den Rand des Lebens gedrängt, den Augenblick vor dem Sturz in die blinde Riesenhaftigkeit eines leeren Raums zu fühlen.

Und sie begann, sich mit einemmal ganz dunkel nach ihrem früheren, von fremden Menschen mißbrauchten und ausgenützten Leben zu sehnen, wie nach dem blassen, schwachen Wachsein in einer Krankheit, wenn im Haus die Geräusche von einer Wohnung zur andern wanderten und sie nirgends mehr hingehörte und, von dem Druck des seelischen Eigengewichts entlastet, noch ein irgendwo schwebendes Leben führte.

Draußen tobte lautlos die Landschaft. Ihre Gedanken fühlten die Menschen so groß und laut und sicher werden, und sie schlüpfte davor in sich hinein und hatte nichts als ihr

Nichtssein, ihre Schwerlosigkeit, ein Treiben auf irgend etwas. Und allmählich begann der Zug ganz still, in weichen, langen Schwingungen durch eine Gegend zu fahren, die noch in tiefem Schnee lag, der Himmel wurde immer niedriger, und es dauerte nicht lange, so fing er schon auf wenige Schritte an, in dunklen, grauen Vorhängen von langsam dahintreibenden Flocken auf der Erde zu schleifen. In den Wagen wurde es dämmrig und gelb, die Umrisse ihrer Mitreisenden hoben sich nur mehr ungewiß vor Claudine ab, sie schwankten langsam und unwirklich hin und her. Sie wußte nicht mehr, was sie dachte, nur ganz still faßte sie eine Lust am Alleinsein mit fremden Erlebnissen; es war wie ein Spiel leichtester, unfaßbarster Trübungen und großer, danach tastender, schattenhafter Bewegungen der Seele. Sie suchte sich ihres Mannes zu erinnern, aber sie fand von ihrer fast vergangenen Liebe nur eine wunderliche Vorstellung wie von einem Zimmer mit lange geschlossenen Fenstern. Sie mühte sich, das abzuschütteln, aber es wich nur ganz wenig und blieb irgendwo in der Nähe wieder liegen. Und die Welt war so angenehm kühl wie ein Bett, in dem man allein zurückbleibt... Da war ihr, als stünde ihr eine Entscheidung bevor, und sie wußte nicht, warum sie es so empfand, und sie war nicht glücklich und nicht entrüstet, sie fühlte bloß, daß sie nichts tun und nichts hindern wollte, und ihre Gedanken wanderten langsam draußen in den Schnee hinein, ohne zurückzusehen, immer weiter und weiter, wie wenn man zu müd ist um umzukehren und geht und geht.

***

Gegen Ende der Fahrt hatte der Herr gesagt: »Ein Idyll, eine verzauberte Insel, eine schöne Frau im Mittelpunkt eines Märchens von weißen Dessous und Spitzen...« und er machte eine Bewegung gegen die Landschaft. »Wie albern«, dachte Claudine, aber sie fand nicht gleich die rechte Antwort.

Es war, wie wenn einer angepocht hat und ein dunkles, großes Gesicht hinter blassen Scheiben schwimmt. Sie wußte nicht, wer dieser Mensch war; es war ihr gleichgültig, wer dieser Mensch war; sie fühlte nur, daß er dastand und etwas wollte. Und daß jetzt etwas begann wirklich zu werden.

Wie wenn zwischen Wolken sich ein leiser Wind erhebt und sie in eine Reihe ordnet und langsam davonzieht, spürte sie in das reglos weiche Gewölk ihrer Gefühle die Bewegung dieses Wirklichwerdens geraten, ohne Grund in ihr, an ihr vorbei ... Und sie liebte wie manche empfindsame Menschen in dem unverständlichen Ziehen von Tatsachen das Nichtgeistige, das Nicht-sie-Sein, die Ohnmacht und die Schande und das Leid ihres Geistes, wie man ein Schwaches aus Zärtlichkeit schlägt, ein Kind, eine Frau, und dann das Kleid sein möchte, das im Dunkeln allein um seine Schmerzen ist.

So kamen sie an, am späten Nachmittag, in einem entleerten Zug, einzeln sickerten die Menschen aus den Wagen; Station um Station hatte sie aus den andern herausgesiebt und nun fegte sie etwas mit raschen Griffen zusammen, denn zu der einstündigen Fahrt von der Bahn in den Ort standen nur drei Schlitten bereit, und man mußte teilen. Als Claudine wieder zu überlegen begann, fand sie sich schon mit vier anderen Menschen in einem der kleinen Gefährte. Von vorn kam der fremde Geruch der in der Kälte dampfenden Tiere und Wellen verstreuten Lichts, das aus den Laternen zurückfiel, zuweilen aber flutete die Finsternis bis an den Schlitten heran und durch ihn hindurch; dann sah Claudine, daß sie zwischen zwei Reihen hoher Bäume fuhren wie in einem dunklen Gang, der gegen ein Ziel zu immer enger wurde.

Sie saß wegen der Kälte mit dem Rücken dagegen, vor ihr war jener Mensch, groß, breit und in seinen Pelz gehüllt. Er versperrte ihren Gedanken den Weg, die zurück wollten. Wie wenn ein Tor zugefallen wäre, fand plötzlich jeder Blick seine dunkle Figur vor sich. Es fiel ihr auf, daß sie ihn einige

Male anblickte, um zu wissen, wie er aussah, in einer Weise, als handelte es sich nur mehr darum und alles andere sei schon bestimmt. Aber sie fühlte mit Lust, daß er ganz ungewiß blieb, ein Beliebiger, nur eine dunkle Breite von Fremdheit. Und manchmal schien die ihr näherzukommen, wie ein wandernder Wald mit einem Gewirr von Stämmen. Und auf ihr zu lasten.

Wie ein Netz spannte sich inzwischen das Gespräch um die Menschen in dem kleinen Schlitten. Auch er beteiligte sich daran und gab alltäglich kluge Antworten, wie sie manche geben, mit etwas jener Würze, die wie ein scharfer, sicherer Geruch den Mann vor der Frau umkleidet. Sie wurde in diesen Augenblicken wie selbstverständlichen männlichen Herrschaftsanspruchs verlegen und erinnerte sich mit Scham, daß sie seine Anspielungen nicht strenger zurückgewiesen hatte. Und wenn sie dann sprechen mußte, schien ihr, daß es zu bereitwillig geschah, und sie hatte plötzlich von sich ein kraftloses, abgebrochenes, wie ein Armstumpf fuchtelndes Gefühl.

Dann bemerkte sie wohl, wie sie willenlos hin und her geschleudert wurde und bei jeder Krümmung des Wegs bald an den Armen berührt, bald an den Knien, manchmal mit dem ganzen Oberkörper an einem fremden lehnend, und sie empfand es durch irgendeine entfernte Ähnlichkeit, wie wenn dieser kleine Schlitten ein verfinstertes Zimmer wäre und diese Menschen heiß und drängend um sie säßen und sie ängstlich Schamlosigkeiten ertrüge, lächelnd, als ob sie es nicht merke, und die Augen gradaus von sich weggerichtet.

Aber alles das war, wie wenn man im Halbschlaf einen schweren Traum empfindet, dessen Unwirklichkeit man stets ein wenig bewußt bleibt, und sie wunderte sich nur, ihn so stark zu fühlen, bis der Mensch sich einmal hinausbeugte, zum Himmel hinaufsah und sagte: »Wir werden eingeschneit werden.«

Da sprangen ihre Gedanken wie mit einem Schlage ins ganz Wache hinüber. Sie sah auf, die Leute scherzten heiter und harmlos, wie wenn man am Ende einer Dunkelheit Licht und kleine Gestalten sieht. Und sie hatte mit einemmal ein merkwürdig gleichgültiges, nüchternes Bewußtsein von Wirklichkeit. Sie merkte mit Verwunderung, daß sie sich trotzdem berührt empfand und es stark fühlte. Es ängstigte sie beinahe, denn es war eine bleiche, fast überklare Bewußtseinshelle, in der nichts in das bloß Ungefähre von Träumen versinken konnte, durch die sich kein Gedanke bewegte und in der doch die Menschen zuweilen zackig und maßlos groß wie Hügel wurden, als glitten sie plötzlich durch einen unsichtbaren Nebel, in dem das Wirkliche zu einem riesigen schattenhaften zweiten Umriß wuchs. Sie fühlte dann beinahe Demut und Furcht vor ihnen und verlor doch nie vollkommen die Empfindung, daß diese Schwäche nur ein seltsames Vermögen sei; es war, als hätten sich die Grenzen ihres Seins unsichtbar und empfindsam über sie hinausgeschoben, und alles stieß leis daran und machte sie zittern. Und sie erschrak zum erstenmal vor diesem sonderbaren Tag, dessen Einsamkeit mit ihr wie ein unterirdischer Weg allmählich in das wirre Flüstern innerer Dämmerungen versunken war und nun in ferner Gegend sich plötzlich in unnachgiebig wahrhaftes Geschehen emporhob und sie mit einer weiten, fremden, ungewollten Wirklichkeit allein ließ.

Sie sah heimlich zu dem Fremden hinüber. Er zündete in diesem Augenblick ein Streichholz an; sein Bart, ein Auge leuchteten auf: sie fühlte auch dieses nichtssagende Handeln mit einemmal so merkwürdig, sie empfand plötzlich die Festigkeit in diesem Geschehen, wie selbstverständlich sich eins ans andere schloß und da war, dumm und ruhig und doch wie eine einfache, ungeheure, steinern gefügte Gewalt. Sie dachte daran, daß es gewiß nur ein alltäglicher Mensch sei. Und da befiel sie allmählich ein leises, verwehtes, ungreifbares Gefühl von sich; aufgelöst und zerfetzt, wie blasser, flockender Schaum glaubte sie in der Dunkelheit vor ihm zu schwimmen. Es bereitete ihr jetzt einen wunderlichen Reiz, ihm freundlich zu antworten; sie sah dabei machtlos, mit regloser Seele ihren eigenen Handlungen nach und fühlte einen zwischen Lust und Erleiden zerspaltenen Genuß an sich, wie in dem plötzlich vertieften Innenraum einer großen Erschöpfung kauernd.

Einmal aber fiel ihr ein, daß es früher manchmal in solcher Weise begonnen hatte. Da streifte sie, bei dem Gedanken solcher Wiederkehr, einen Augenblick lang ein schwirrendes, willenlos begehrliches Entsetzen wie vor einer noch namenlosen Sünde; sie dachte plötzlich, ob er bemerkt haben mochte, daß sie ihn ansah, und es füllte sich ihr Körper mit einer leisen, fast unterwürfigen Sinnlichkeit wie ein dunkles Versteck um die Heimlichkeit seiner Seele. Der Fremde jedoch saß groß und ruhig in der Finsternis und lächelte bloß manchmal oder auch das schien ihr nur so.

So fuhren sie nah voreinander in der tiefen Dämmerung dahin. Und allmählich begann in ihre Gedanken wieder jene leise vorwärtsdrängende Unruhe zu kommen. Sie versuchte, sich zu sagen, daß alles nur die bis zur Täuschung verwirrte innere Stille dieser plötzlichen einsamen Reise unter fremden Menschen sei, und manchmal wieder glaubte sie, daß es der Wind war, in dessen steife, glühende Kälte gewickelt sie starr und willenlos wurde, zuweilen aber war ihr ganz sonderbar, als sei ihr Mann ihr jetzt wieder ganz nahe und diese Schwäche und Sinnlichkeit ein wunderseliges Gefühl in ihrer Liebe. Und einmal, – als sie gerade wieder zu dem Unbekannten hinübergesehen hatte und diese schattenhafte Preisgabe ihres Willens, ihrer Härte und Unantastbarkeit empfand, – stand plötzlich, hell über ihrer Vergangenheit ein Schein wie über einer unsagbaren, fremd geordneten Weite; es war ein sonderbares Zukunftsgefühl, als ob dieses längst Verflossene noch lebte. Im nächsten Augenblick aber war es nur mehr ein verlöschender Streif des Verstehens im Dunkel und nur in ihrem Innern schwang etwas nach, irgendwie als ob es die noch nie gesehne Landschaft ihrer Liebe gewesen wäre, von riesigen Dingen erfüllt und leise sausend, verwirrt und fremd, sie wußte nicht mehr wie und fühlte sich zagend und weich in sich gehüllt, voll sonderbarer, noch nicht faßbarer, von dorther kommender Entschlüsse.

Und sie mußte an seltsam von den übrigen abgeschnittene Tage denken, die wie eine Flucht abseits liegender Zimmer einer in den andern mündend vor ihr lagen, und hörte dazwischen jeden Huftritt der Pferde, der sie – hilflos in das belanglos Gegenwärtige der durch die Umstände bedingten Nachbarschaft in diesem Schlitten geschlagen – dem näher trug, und fügte sich mit übereiltem Lachen in irgendein Gespräch und war in ihrem Innern groß und verästelt und vor Unübersehbarkeit machtlos wie mit lautlosem Tuch überspannt.

In der Nacht dann war sie aufgewacht; wie von Schellengeklingel. Sie fühlte plötzlich, daß es schneite. Sie sah gegen das Fenster; weich und schwer wie eine Mauer stand es in der Luft. Sie schlich auf den Zehen, mit bloßen Füßen hin. Es geschah alles rasch hintereinander, dunkel kam ihr dabei vor, daß sie ihre nackten Füße wie ein Tier auf den Boden setzte. Dann starrte sie, nah und stumpf, in das dicke Gegitter der Flocken. Sie tat dies alles, wie man im Schlaf auffährt, mit dem engen Raum eines Bewußtseins, das wie eine kleine unbewohnte Insel herauftaucht. Es war ihr, als stünde sie sehr weit fort von sich. Und mit einemmal fiel ihr ein und die Betonung fiel ihr ein, mit der er gesagt hatte: wir werden hier eingeschneit werden.

Da versuchte sie sich zu besinnen und kehrte sich um. Eng lag das Zimmer hinter ihr und es war noch etwas Sonderbares in dieser Enge, wie ein Käfig oder wie Geschlagenwerden. Claudine zündete eine Kerze an und leuchtete über die Dinge; es begann langsam der Schlaf von ihnen abzufließen und sie waren noch, als hätten sie nicht genau in sich zurückgefunden, – Schrank, Kasten, Bett und doch etwas zuviel oder zuwenig, ein Nichts, ein rauhes, rieselndes Nichts; blind und eingefallen standen sie in der kahlen Dämmerung des flackernden Lichts, auf Tisch und Wänden lag noch ein endloses Gefühl von Staub und wie Barfuß-darüber-gehen- Müssen. Das Zimmer mündete auf einen schmalen, holzgedielten, weißgetünchten Gang; sie wußte, wo die Stiege heraufkam, hing in einem Ring aus Draht eine trübe Lampe, sie warf fünf helle, schwankende Kreise an die Decke, dann verrann ihr Licht wie Spuren schmierig tastender Hände auf dem Kalk der Wände. Wie eine Wache vor einer sonderbar erregten Leere waren diese fünf hellen, sinnlos schwankenden Kreise… Ringsum schliefen fremde Menschen. Claudine fühlte eine plötzliche phantastische Hitze. Sie hätte leise schreien mögen, wie Katzen schreien vor Angst und Begierde, wie sie so dastand, aufgewacht in der Nacht, während lautlos der letzte Schatten ihres seltsam empfundenen Tuns in die schon wieder glatten Wände ihres Innern schlüpfte. Und plötzlich dachte sie: wenn er nun käme und einfach zu tun versuchte, was er doch sicher wollte…

Sie wußte nicht, wie sie erschrak. Wie eine heiße Kugel rollte etwas über sie hin; minutenlang war nichts als dieses seltsame Erschrecken und dahinter jene peitschengerade, schweigsame Enge. Dann machte sie den Versuch, sich den Menschen vorzustellen. Aber es gelang nicht; sie fühlte bloß den vorsichtig vorgedehnten, tierhaften Schritt ihrer Gedanken. Nur zuweilen sah sie etwas von ihm, wie es in Wirklichkeit war, seinen Bart, sein eines leuchtendes Auge… Dann empfand sie Ekel. Sie fühlte, daß sie niemals mehr einem fremden Menschen gehören könnte. Und gerade da, gerade zugleich mit diesem Abscheu ihres, geheimnisvoll nur nach dem einen sehnsüchtigen, Körpers vor jedem andern, fühlte sie – wie in einer zweiten, tiefern Ebene – ein Hinabbeugen, ein Schwindeln, vielleicht eine Ahnung von menschlicher Unsicherheit, vielleicht ein Bangen vor sich, vielleicht nur ein unfaßbares, sinnloses, versuchendes dennoch jenen andern Herbeiwünschen und es floß ihre Angst durch sie wie die sengende Kälte, die eine zerstörende Lust nah vor sich hertreibt.

Gleichmütig begann einstweilen eine Uhr mit sich selbst irgendwo zu sprechen, Schritte gingen unter ihrem Fenster vorbei und verklangen, ruhige Stimmen... Es war kühl im Zimmer, von ihrer Haut hob sich die Wärme des Schlafs, unbestimmt und widerstandslos schwang sie mit ihr wie in einer Wolke von Schwäche durch die Finsternis hin und her... Sie schämte sich vor den Dingen, die hart und aufgerichtet und längst schon wieder belanglos und sich gleich rings um sie vor sich hinstarrten, während ihr wirr vor Bewußtsein war, daß sie dastand und auf einen Unbekannten wartete. Und doch begriff sie dunkel, daß es nicht jener Fremde war, der sie lockte, sondern nur dieses Dastehn und Warten, eine feinzahnige, wilde, preisgegebene Seligkeit, sie zu sein, Mensch, in ihrem Erwachen zwischen den leblosen Dingen aufgesprungen wie eine Wunde. Und während sie ihr Herz schlagen fühlte, als trüge sie ein Tier in der Brust, – verstört, irgendwoher in sie verflogen, – hob sich seltsam ihr Leib in seinem stillen Schwanken und schloß sich wie eine große, fremde, nickende Blume darum, durch die plötzlich der in unsichtbare Weiten gespannte Rausch einer geheimnisvollen Vereinigung schaudert, und sie hörte leise das ferne Herz des Geliebten wandern, unstet, ruhelos, heimatlos in die Stille klingend wie ein Ton einer über Grenzen verwehten, fremdher wie Sternlicht flackernden Musik, von der unheimlichen Einsamkeit dieses sie suchenden Gleichklangs wie von einer ungeheuren Verschlingung ergriffen, weit über alles Wohnland der Seelen hinaus.

Da fühlte sie, daß hier sich etwas vollenden sollte, und wurde nicht gewahr, wie lange sie so stand; Viertelstunden,

Stunden... die Zeit lag reglos, von unsichtbaren Quellen gespeist, wie ein uferloser See ohne Mündung und Abfluß um sie. Nur einmal, irgendwann, glitt irgendwo von diesem unbegrenzten Horizont her etwas Dunkles durch ihr Bewußtsein, ein Gedanke, ein Einfall,... und wie es an ihr vorbeizog, erkannte sie die Erinnerung darin an lang versunkene Träume ihres früheren Lebens – sie glaubte sich von Feinden gefangen und war gezwungen, demütige Dienste zu tun – und währenddessen begann es schon zu entschwinden und schrumpfte ein und aus der dunstigen Unklarheit der Weite hob sich ein letztesmal, wie gespenstisch klar geknotetes Stangen- und Tauwerk eins nach dem andern darüber hinaus, und es fiel ihr ein, wie sie sich nie wehren gekonnt, wie sie aus dem Schlaf schrie, wie sie schwer und dumpf gekämpft, bis ihr die Kraft und die Sinne schwanden, dieses ganze maßlose, formlose Elend ihres Lebens,... und dann war es vorbei und in der wieder zusammenfließenden Stille war nur ein Leuchten, eine veratmend zurückstreichende Welle, als wäre ein Unsagbares gewesen,... und da kam es jetzt plötzlich von dort über sie – wie einstens diese schreckliche Wehrlosigkeit ihres Daseins hinter den Träumen, fern, unfaßbar, im Imaginären, noch ein zweitesmal lebte – eine Verheißung, ein Sehnsuchtsschimmer, eine niemals gefühlte Weichheit, ein Ichgefühl, das – von der fürchterlichen Unwiderruflichkeit ihres Schicksals nackt, ausgezogen, seiner selbst entkleidet – während es taumelnd nach immer tieferen Entkräftungen verlangte, sie dabei seltsam wie der in sie verirrte, mit zielloser Zärtlichkeit seine Vollendung suchende Teil einer Liebe verwirrte, für die es in der Sprache des Tags und des harten, aufrechten Ganges noch kein Wort gab.

In diesem Augenblick wußte sie nicht mehr, ob sie nicht eben erst vor ihrem Erwachen zum letztenmal diesen Traum geträumt hatte. Seit Jahren hatte sie ihn vergessen geglaubt und mit einemmal schien seine Zeit ganz nahe hinter ihr zu stehn, wie wenn man sich umkehrt und plötzlich in ein Antlitz starrt. Und ihr wurde so seltsam, als ob in diesem einsam abgesonderten Zimmer ihr Leben in sich selbst zurückliefe wie Spuren in eine verworrene Fläche. Hinter Claudinens Rücken brannte das kleine Licht, das sie angesteckt hatte, ihr Gesicht hielt sie ins Dunkel; und allmählich fühlte sie nicht mehr, wie sie aussah, wie ein absonderliches Loch im Finstern, im Gegenwärtigen erschien ihr ihr Umriß. Und ganz langsam wurde ihr, als sei sie in Wirklichkeit gar nicht hier, wie wenn nur irgend etwas von ihr gewandert und gewandert wäre, durch Raum und Jahre, und wachte nun auf, fern von ihr selbst und verstiegen, und sie stünde in Wirklichkeit immer noch bei jenem versunkenen Traumgefühl,… irgendwo,… eine Wohnung tauchte auf,… Menschen,… eine gräßliche, verstrickte Angst… Und dann ein Erröten, ein Weichwerden der Lippen… und plötzlich das Bewußtsein, es wird wieder einer kommen, und ein anderes, vergangenes Gefühl von ihrem gelösten Haar, von ihren Armen, als wäre sie noch mit all dem untreu… Und da, mit einemmal, – mitten in dem ängstlich sich festklammernden Wunsch, sich dem Geliebten zu wahren, ihre bittend gehobenen Hände langsam ermüdend, – der Gedanke: wir waren einander untreu, bevor wir einander kannte… Es war nur ein in stillem Halbsein leuchtender Gedanke, fast nur ein Gefühl; eine wundersam liebliche Bitterkeit, wie im Wind, der sich vom Meer hebt, manchmal ein verwehender herber Atem säumt; fast nur der Gedanke, wir liebten einander, bevor wir einander kannten, – als dehnte sich plötzlich in ihr die unendliche Spannung ihrer Liebe weit über das Gegenwärtige in die Untreue hinaus, aus der sie einst zu ihnen beiden gekommen war wie aus einer früheren Form ihres ewigen Zwischenihnenseins.

Und sie ließ sich sinken und fühlte wie betäubt lange nichts, als daß sie auf einem kahlen Stuhl vor einem kahlen Tisch saß. Und dann war es wohl jener G., der ihr einfiel, und das Gespräch vor der Reise mit seinen verhüllten Worten; und niemals gesprochene Worte. Und dann, irgendeinmal, kam von einem Spalt des Fensters die feuchte, milde Luft der verschneiten Nacht und strich schweigsam und zärtlich an ihren nackten Schultern herab. Und da begann sie, ganz weh und ferne, wie ein Wind über regenschwarze Felder kommt, begann sie zu denken, daß es eine regenleise, wie ein Himmel eine Landschaft überspannende Lust sein müßte, untreu zu sein, eine geheimnisvoll das Leben schließende Lust…

Vom nächsten Morgen ab lag eine eigentümliche Luft von Vergangenheit über allem.

Claudine wollte ins Institut gehen; ihr Erwachen war früh und wie aus klarem, schwerem Wasser; sie erinnerte nichts mehr von dem, was sie während der Nacht bewegt hatte; sie hatte den Spiegel vors Fenster gerückt und steckte ihr Haar auf; im Zimmer war es noch dunkel. Aber als sie sich so – mit angestrengtem Schauen vor einem blinden kleinen Spiegel – frisierte, kam ihr ein Gefühl von sich wie von einem Landmädchen, das sich für den Sonntagsausgang schön macht, und sie empfand ganz stark, daß das für die Lehrer geschah, die sie sehen würde, oder vielleicht für den Fremden, und konnte von da an diese sinnlose Vorstellung nicht wieder los werden. Sie hatte innerlich wohl nichts mit ihr zu tun, aber sie haftete an allem, was Claudine tat, und jede Bewegung erhielt etwas von einer dummsinnlichen, breitbeinigen Geziertheit, die langsam, widerwärtig und unaufhaltsam von der Oberfläche in die Tiefe sickerte. Nach einer Weile ließ sie wirklich die Arme ruhn; aber schließlich war all das zu unvernünftig, um das, was notwendig geschehen mußte, länger zu hindern, und während es bloß so blieb und schwang und mit einem ungreifbaren Gefühl von Nichttun sollen und Gewolltem und Ungewolltem in einer anderen, nebelhafteren, unfesteren Kette als der der wirklichen Entscheidungen das Geschehen begleitete und während Claudinens Hände in ihr weiches Haar griffen und die Ärmel ihres Morgenkleides an den weißen Armen hinaufglitten, schien ihr das nun wieder irgendwann – einstens, immer – so gewesen zu sein und es wurde ihr mit einemmal sonderbar, daß jetzt im Wachen, in der Leere des Morgens, ihre Hände auf und nieder gingen, als gehörten sie nicht zu ihrem Willen, sondern zu irgendeiner gleichgültigen fremden Macht. Und da begann sich langsam die Stimmung der Nacht um sie zu heben, Erinnerungen stiegen bis zu halber Höhe und sanken wieder, eine Spannung war vor diesen kaum vergessenen Erlebnissen wie ein zitternder Vorhang. Vor den Fenstern wurde es hell und ängstlich, Claudine fühlte, wenn sie in dieses gleichmäßige, blinde Licht sah, eine Bewegung wie ein freiwilliges Lösen der Hand und ein langsames, lockendes Abwärtsgleiten zwischen silbern leuchtenden Blasen und fremden, mit großen Augen stehenden Fischen; der Tag begann.

Sie nahm ein Blatt Papier und schrieb Worte an ihren Mann: »... Alles ist sonderbar. Es wird nur wenige Tage dauern, aber mir ist, als sei ich hoch über mir verschlungen in etwas. Unsere Liebe, sag mir, was sie ist? Hilf mir, ich muß dich hören. Ich weiß, sie ist wie ein Turm, aber mir ist, als fühlte ich nur das Zittern rings um eine schlanke Höhe...«

Als sie diesen Brief aufgeben wollte, sagte ihr jedoch der Beamte, daß die Verbindung unterbrochen sei.

Sie ging darauf vor den Ort. Weit, weiß wie ein Meer lag es um die kleine Stadt. Manchmal flog eine Krähe hindurch, manchmal hob sich schwarz ein Strauch heraus. Erst tief unten am Rand, in kleinen, dunklen, zusammenhanglosen Pünktchen, begann wieder das Leben.

Sie kehrte zurück und ging durch die Straßen des Orts, unruhig, vielleicht eine Stunde lang. Sie bog in alle Gassen, kam nach einiger Zeit das gleiche Stück Wegs in entgegengesetzter Richtung, verließ es dann wieder – nun nach der anderen Seite –, kreuzte Plätze, wo sie noch fühlte, wie sie vor wenigen Minuten geschritten war; überall glitt das weiße Schattenspiel der fieberhaft leeren Weite durch diese kleine von der Wirklichkeit abgeschnittene Stadt. Vor den Häusern lagen hohe Wälle aus Schnee; die Luft war klar und trocken; es schneite zwar noch immer, aber nur mehr spärlich und in flachen, fast verdorrten, glitzernden Plättchen, als ob es bald enden wollte. Zuweilen schauten über verschlossenen Türen die Fenster der Häuser ganz hellblau und gläsern auf die Straße und auch unter den Füßen klang es wie Glas. Manchmal aber polterte ein Stück hartgefrornen Schnees eine Traufe hinunter; dann war es noch minutenlang, als starrte ein zackiges Loch, das es in die Stille gerissen hatte. Und plötzlich begann irgendwo eine Hauswand rosarot aufzuleuchten oder zartgelb wie ein Kanarienvogel… Was sie tat, erschien ihr dann seltsam, in überlebendiger Stärke; in der lautlosen Stille schien für einen Augenblick alles Sichtbare in irgendeinem andern Sichtbaren sich wie ein Echo zu wiederholen. Danach sank alles wieder ringsum in sich zusammen; die Häuser standen in unverständlichen Gassen um sie, wie Pilze im Wald beieinanderstehn oder eine Gruppe Sträucher geduckt auf einer weiten Fläche, und ihr war noch ganz groß und schwindlig. Es war etwas wie ein Feuer in ihr, wie eine brennend bittere Flüssigkeit, und während sie ging und dachte, kam sie sich wie ein ungeheures, geheimnisvolles Gefäß durch die Straßen getragen vor, ganz dünnwandig und flammend.

Da zerriß sie den Brief und sprach bis Mittag im Institut mit den Lehrern.

In den Zimmern war es still; wenn sie irgendwo von ihrem Platz aus durch die düstern, tiefen Wölbungen ins Freie blickte, erschien es ihr weit, gedämpft, wie mit grauem Schneelicht verhangen. Dann sahen die Menschen sonderbar körperhaft aus, wuchtig und lastend auf betonten Konturen. Sie sprach mit ihnen nur die unpersönlichsten Dinge und hörte nur solche, aber zuweilen war selbst das fast wie eine Hingabe. Sie wunderte sich, denn diese Menschen gefielen ihr nicht, an keinem bemerkte sie auch nur eine Einzelheit, die sie anzog, jeder stieß sie eigentlich durch die Eigenschaften seiner geringeren Lebensschicht bloß ab, und trotzdem fühlte sie das Männliche, Andersgeschlechtliche an ihnen mit einer, wie ihr schien, niemals zuvor erlebten oder doch seit langen Zeiten vergessenen Deutlichkeit. Sie gewahrte, daß es das im Halblicht Gesteigerte des Gesichtseindrucks war, dieses dumpf Gewöhnliche und doch durch seine Häßlichkeit kaum begreifbar Überhöhte, was wie Witterung riesiger, plumper Höhlentiere ungewiß um diese Menschen floß. Und allmählich begann sie jenes alte Gefühl von Schutzlosigkeit auch hier zu erkennen, das sie seit ihrem Alleinsein immer wieder empfand, und es fing ein eigentümliches Empfinden von Unterwürfigkeit an, sie in allen Einzelheiten zu verfolgen, in kleinen Wendungen des Gesprächs, in der Aufmerksamkeit, mit der sie zuhören mußte, allein schon darin, daß sie überhaupt dasaß und sprach.

Da wurde Claudine unwillig, fand, daß sie schon zu lange hier säumte, und empfand die Luft und das Halbdunkel der Zimmer eng und verwirrend. Es kam ihr plötzlich und zum erstenmal der Gedanke, daß sie, die sich bloß noch nie von ihrem Manne getrennt hatte, kaum da sie allein war, vielleicht schon wirklich begonnen haben könnte, wieder in ihre Vergangenheit zurückzusinken.

Was sie jetzt empfand, war nicht mehr bloß unbestimmt streifend, sondern an wirkliche Menschen geknüpft. Und dennoch war es nicht Angst vor ihnen, sondern davor, daß sie sie empfinden konnte, als ob sich, während die Reden dieser Menschen sie einhüllten, heimlich in ihr etwas bewegt und leise gerüttelt hätte; kein einzelnes Gefühl, sondern irgendein Grund, in dem die alle ruhen, – wie wenn man manchmal durch Wohnungen geht, die einen anwidern, aber man spürt ganz sacht allmählich eine Vorstellung, wie Menschen hier glücklich sein können, und mit einemmal kommt ein Augenblick, wo es einen umfängt, als ob man sie wäre, man möchte zurückspringen und fühlt erstarrt von allen Seiten die Welt geschlossen und ruhig auch um diesen Mittelpunkt stehn...

In dem grauen Licht diese schwarzen bärtigen Menschen erschienen ihr wie Riesengebilde in dämmernden Kugeln von solchem fremden Gefühl und sie suchte sich vorzustellen, wie es sein müßte, um sich das Sichschließen zu fühlen. Und während ihre Gedanken rasch wie in einem weichen, formlos quellenden Boden versanken, hörte sie bald nur mehr eine Stimme, die vom Rauchen gerauht und deren Worte in einen Zigarettendunst gebettet waren, der beim Sprechen beständig um ihr Gesicht streifte, und eine andre, die hell war und hoch wie Blech, und sie suchte den Klang sich vorzustellen, mit dem sie in der geschlechtlichen Erregung zerbrochen in die Tiefe gleiten mußte, dann wieder zogen ungeschickte Bewegungen ihr Empfinden in seltsamen Windungen nach sich und einen olympisch Lächerlichen suchte sie wie eine Frau zu fühlen, die an ihn glaubte... Ein Fremdes, mit dem ihr Leben nichts gemeinsam hatte, richtete sich nah und überhängend groß vor ihr auf, wie ein zottiges, einen betäubenden Geruch auströmendes Tier; ihr war, als hätte sie eben nur mit der Peitsche hineinschlagen gewollt, und gewahrte, plötzlich gehemmt und ohne es zu durchschauen, ein Spiel vertrauter Abstufungen in einem irgendwie dem ihren ähnlichen Gesicht.

Da dachte sie heimlich: »Wir, Menschen wie wir könnten vielleicht selbst mit solchen Menschen leben...« Es war ein eigentümlich quälender Reiz, eine dehnende Lust des Gehirns, etwas wie eine dünne gläserne Scheibe lag davor, an die sich ihre Gedanken schmerzhaft preßten, um jenseits in eine ungewisse Trübe zu starren; es freute sie, den Menschen dabei klar und unverdächtig in die Augen zu blicken. Dann versuchte sie, sich ihren Mann entfremdet, wie von dorther gesehen, vorzustellen. Es gelang ihr, sehr ruhig an ihn zu denken; es blieb ein wunderbarer, unvergleichlicher Mensch, aber ein Unwägbares, vom Verstand nicht zu Fassendes war von ihm geschwunden und er erschien ihr etwas blaß und nicht so nahe; manchmal vor dem letzten Anstieg einer Krankheit steht man in solch einer kühlen, beziehungslosen Helligkeit. Doch da fiel ihr ein, wie sonderbar es sei, daß sie ähnliches wie das, womit sie jetzt spielte, irgendwann einmal wirklich erlebt haben konnte, daß es eine Zeit gab, wo sie ihren Mann sicher und ohne von einer Frage beunruhigt zu werden so empfunden hätte, wie sie ihn sich jetzt einzubilden suchte, und es kam ihr mit einemmal alles ganz seltsam vor.

Man geht täglich zwischen bestimmten Menschen oder durch eine Landschaft, eine Stadt, ein Haus und diese Landschaft oder diese Menschen gehen immer mit, täglich, bei jedem Schritt, bei jedem Gedanken, ohne Widerstand. Aber einmal bleiben sie plötzlich mit einem leisen Ruck stehen und stehn ganz unbegreiflich starr und still, losgelöst, in einem fremden, hartnäckigen Gefühl. Und wenn man auf sich zurücksieht, steht ein Fremder bei ihnen. Dann hat man eine Vergangenheit. Aber was ist das? fragte sich Claudine und fand plötzlich nicht, was sich geändert haben konnte.

Sie wußte auch in diesem Augenblick, daß nichts einfacher ist als die Antwort, man selbst sei es, der sich geändert habe, aber sie begann einen sonderbaren Widerstand zu fühlen, die Möglichkeit dieses Vorgangs zu begreifen; und vielleicht erlebt man die großen, bestimmenden Zusammenhänge nur in einer eigentümlich verkehrten Vernunft, während sie nun bald die Leichtigkeit nicht verstand, mit der sie eine Vergangenheit, die einst so nah um sie gewesen war wie ihr eigener Leib, als fremd empfinden konnte, bald wieder die Tatsache ihr unfaßbar erschien, daß überhaupt je etwas anders gewesen sein mochte als jetzt, fiel ihr ein, wie das ist, wenn man manchmal etwas in der Ferne sieht, fremd, und dann geht man hin und an einer gewissen Stelle tritt es in den Kreis des eigenen Lebens, aber der Platz, wo man früher war, ist jetzt so eigentümlich leer, oder man braucht sich bloß vorzustellen, gestern habe ich dies oder jenes getan: irgendeine Sekunde ist immer wie ein Abgrund, vor dem ein kranker, fremder, verblassender Mensch zurückbleibt, man denkt bloß nicht daran, – und plötzlich erschien ihr in einer schlagschnellen Erhellung ihr ganzes Leben von diesem unverstehbaren, unaufhörlichen Treubruch beherrscht, mit dem man sich, während man für alle andern der gleiche bleibt, in jedem Augenblick von sich selbst loslöst, ohne zu wissen warum, dennoch darin eine letzte, nie verbrauchte bewußtseinsferne Zärtlichkeit ahnend, durch die man tiefer als mit allem, was man tut, mit sich selbst zusammenhängt.

Und während noch dieses Gefühl in seiner bloßgelegten Tiefe klar in ihr schimmerte, war ihr, als ob die Sicherheit, die oben ihr Leben trug, wie ein Kreisen um sie, mit einemmal es wieder nicht mehr trüge, und es teilte sich in hundert Möglichkeiten, schob sich wie verschiedener Leben hintereinandergelagerte Kulissen auseinander und in einem weißen, leeren, unruhigen Raum dazwischen tauchten die Lehrer wie dunkle, ungewisse Körper auf, sanken suchend, sahen sie an und stellten sich schwer auf ihren Platz. Sie fühlte eine eigentümlich traurige Lust, hier mit ihrem unnahbaren Lächeln der fremden Dame, in ihr Aussehen verschlossen, vor ihnen sitzend, bei sich selbst nur ein Zufälliges zu sein, nur durch eine wechselbare Hülle von Zufall und Tatsache, die sie umfing, von ihnen getrennt zu sein. Und während ihr das Gespräch hurtig und nichtssagend von den Lippen sprang und leblos behend wie ein Faden dahinlief, begann sie langsam der Gedanke zu verwirren, daß sie – wenn sich der Dunstkreis eines dieser Menschen um sie geschlossen haben würde – auch das, was sie dann täte, wirklich wäre, als wäre diese Wirklichkeit nur etwas Bedeutungsloses, das zuweilen durch die gleichgültig geformte Öffnung eines Augenblicks heraufschießt, unter der man, sich selbst unerreicht, in einem Strom von niemals Wirklichem dahinfließt, dessen einsamen, weltfernzärtlichen Laut keiner hört. Ihre Sicherheit, dieses in liebender Angst an jenen Einen Gcklammertsein, erschien ihr in diesem Augenblick als etwas Willkürliches Unwesentliches und bloß Oberflächliches im Vergleich mit einem vom Verstand kaum mehr zu fassenden Gefühl von unwägbarem durch dieses Einsamsein in einer letzten, geschehensleeren Innerlichkeit Zueinandergehören.

Und das war der Reiz, als ihr jetzt plötzlich der Ministerialrat einfiel. Sie begriff, daß er sie begehrte und daß bei ihm wirklich werden sollte, was hier noch ein Spiel mit Möglichkeiten war.

Einen Augenblick lang schauderte etwas in ihr und warnte sie; das Wort Sodomie fiel ihr ein; soll ich Sodomie treiben…?! Aber dahinter war die Versuchung ihrer Liebe: damit du im Wirklichen fühlen mußt, ich, ich unter diesem Tier. Das Unvorstellbare. Damit du dort nie mehr hart und einfach an mich glauben kannst. Damit ich dir ungreifbar und versinkend wie ein Schein werde, kaum daß du mich losläßt. Nur ein Schein, das ist, du weißt, ich bin nur etwas in dir, nur etwas durch dich, nur solange du mich festhältst, sonst irgend etwas, Geliebter, so seltsam vereint…

Und es faßte sie eine leise untreue Abenteurertraurigkeit, jene Wehmut der Handlungen, die man nicht ihrer selbst halber sondern tut, um sie getan zu haben. Sie fühlte, daß der Ministerialrat jetzt irgendwo stand und auf sie wartete. Es dünkte sie, daß der eingeengte Gesichtskreis um sie sich schon mit seinem Atem füllte, und die Luft nahe bei ihr nahm seinen Geruch an. Sie wurde unruhig und begann sich zu verabschieden. Sie fühlte, daß sie auf ihn zugehen werde, und die Vorstellung des Augenblicks griff ihr kalt an den Leib, wo es geschehen sein würde. Es war, als ob sie etwas packte und zu einer Tür zerrte, und sie wußte, diese Tür wird zufallen, und wehrte sich und lauschte doch schon mit vorgestreckten Sinnen voraus.

Als sie dem Menschen begegnete, stand er für sie nicht mehr am Anfang einer Bekanntschaft, sondern unmittelbar vor dem Hereinbruch. Sie wußte, daß inzwischen auch er über sie nachgedacht und sich einen Plan zurechtgelegt hatte. Sie hörte ihn sagen: »Ich habe mich damit abgefunden, daß Sie mich zurückweisen, aber nie wird Sie ein Mensch so selbstlos verehren wie ich.« Claudine antwortete nicht. Seine Worte kamen langsam, nachdrücklich; sie fühlte, wie es sein müßte, wenn sie wirken würden. Dann sagte sie: »Wissen Sie, daß wir wirklich eingeschneit sind?« Es erschien ihr alles so, wie wenn sie es schon einmal erlebt hätte; ihre Worte schienen in den Spuren von Worten steckenzubleiben, die sie früher einmal gesprochen haben mußte. Sie achtete nicht auf das, was sie tat, sondern auf den Unterschied, daß das, was sie jetzt tat, Gegenwart war und irgendein Gleiches Vergangenheit; dieses Willkürliche, diesen zufälligen, nahen Hauch von Gefühl darüber. Und sie hatte eine große, unbewegte Empfindung von sich, über der Vergangenheit und Gegenwart wie kleine Wellen sich wiederholten.

Nach einer Weile sagte der Ministerialrat plötzlich: »Ich fühle, daß etwas in Ihnen zögert. Ich kenne dieses Zögern. Jede Frau steht einmal in ihrem Leben davor. Sie schätzen Ihren Mann und wollen ihm gewiß nicht weh tun und verschließen sich darum. Aber eigentlich müßten Sie sich wenigstens für Augenblicke davon freimachen und auch den großen Sturm erleben.« Wiederum schwieg Claudine. Sie fühlte, wie er ihr Schweigen mißdeuten mußte, aber es tat ihr eigenartig wohl. Daß es etwas in ihr gab, das sich nicht in Handlungen ausdrücken ließ und von Handlungen nichts erleiden konnte, das sich nicht verteidigen konnte, weil es unter dem Bereich der Worte lag, das um verstanden zu werden geliebt werden mußte, wie es sich selbst liebte, etwas das sie nur mit ihrem Mann gemeinsam hatte, empfand sie stärker bei diesem Schweigen; so war es eine innere Vereinigung, während sie die Oberfläche ihres Wesens diesem Fremden überließ, der sie verunstaltete.

In solcher Weise gingen sie und unterhielten sich. Und in ihrem Gefühl war dabei ein Hinüberbeugen, schwindelnd, als empfände sie dann die wunderbare Unbegreiflichkeit des zu ihrem Geliebten Gehörens tiefer. Manchmal schien ihr, daß sie sich schon ihrem Begleiter anpaßte, mochte sie auch noch für einen andern scheinen, die gleiche zu sein, und es kam ihr manchmal vor, als erwachten Scherze, Einfälle und Bewegungen noch aus ihrer ersten Frauenzeit in ihr, Dinge, denen sie sich längst entwachsen glaubte; dann sagte er: gnädige Frau, Sie sind geistreich.

Wenn er so sprach und neben ihr schritt, wurde sie gewahr, daß seine Worte in einen ganz leeren Raum hinausgingen, den sie mit sich allein anfüllten. Und allmählich entstanden darin die Häuser, an denen sie vorbeischritten, um ein weniges anders und verschoben, wie sie sich in den Scheiben von Fenstern spiegeln, und die Gasse, in der sie waren, und nach einer Weile sie, auch etwas verändert und verzerrt, aber doch so, daß sie sich noch erkannte. Sie fühlte die Gewalt, die von dem alltäglichen Menschen ausging, – es war ein unmerkliches Verschieben der Welt und Vorsichhinrücken, eine einfache Kraft der Lebendigkeit, sie strahlte von ihm aus und bog die Dinge in ihre Oberfläche. Es verwirrte sie, daß sie auch ihr Bild in dieser spiegelhaft gleitenden Welt gewahrte; ihr war, wenn sie jetzt noch etwas nachgäbe, müßte sie plötzlich ganz dieses Bild sein. Und einmal sagte er plötzlich: »Glauben Sie mir, es ist nur Gewohnheit. Hätten Sie mit siebzehn oder achtzehn Jahren – ich weiß es nicht – einen anderen Mann kennengelernt und geheiratet, würde Ihnen heute der Versuch, sich als die Frau ihres jetzigen Gemahls zu denken, genau ebenso schwer fallen.«

Sie waren vor die Kirche gelangt, groß und allein standen sie auf dem weiten Platz; Claudine sah auf, die Gebärden des Ministerialrats ragten aus ihm heraus in die Leere. Da war ihr mit einem Schlag einen Augenblick lang, als ob tausend zu ihrem Körper aneinandergefügte Kristalle sich sträubten; ein umhergeworfenes, unruhiges, zersplittert dämmerndes Licht stieg in ihrem Leib empor und der Mensch, den es traf, sah darin mit einemmal anders aus, alle seine Linien kamen auf sie zu, zuckend wie ihr Herz, alle seine Bewegungen fühlte sie von innen über ihren Körper gehn. Sie wollte sich zurufen, wer er sei, aber das Gefühl blieb wie ein wesenloser Schein ohne Gesetze, eigentümlich schwebte es in ihr, als ob es nicht zu ihr gehörte.

Im nächsten Augenblick war nur mehr ein Lichtes, Nebelndes, Entschwindendes ringsum. Sie blickte um sich; still und gerade standen die Häuser um den Platz, am Turm schlug die Uhr. Rund und metallisch sprangen die Schläge aus den Luken der vier Mauern, lösten sich im Fallen auf und flatterten über die Dächer. Claudine hatte die Vorstellung, daß sie dann weit und klingend über das Land rollen mußten, und sie fühlte mit einemmal schaudernd: Stimmen gehen durch die Welt, vieltürmig und schwer wie dröhnende Städte aus Erz, etwas, das nicht Verstand ist, … eine unabhängige, unfaßbare Welt des Gefühls, die sich nur willkürlich, zufällig und lautlos flüchtig mit der der täglichen Vernunft verbindet, wie jene grundlos tiefen, weichen Dunkelheiten, die manchmal über einen schattenlosen, starren Himmel ziehn.

Es war, als stünde etwas um sie und sähe sie an. Sie fühlte die Erregung dieses Menschen wie etwas Brandendes in einer sinnentleerten Weite, etwas finster, einsam sich Schlagendes. Und allmählich ward ihr, es sei, was dieser Mensch von ihr begehrte, diese scheinbar stärkste Handlung, etwas ganz Unpersönliches; es war nichts als dieses Angesehenwerden, ganz dumm und stumpf, wie Punkte fremd im Raum einander ansehn, die irgend etwas Ungreifbares zu einem zufälligen Gebilde vereint. Sie schrumpfte darunter ein, es drückte sie zusammen, als wäre sie selbst solch ein Punkt. Sie empfand dabei ein sonderbares Gefühl von sich, es hatte nichts mehr mit der Geistigkeit und dem Selbstgewählten ihres Wesens zu tun und war doch noch das gleiche wie sonst. Und mit einemmal entschwand ihr das Bewußtsein, daß dieser Mensch vor ihr von häßlicher Alltäglichkeit des Geistes war. Und ihr wurde, als stünde sie weit draußen im Freien, und um sie standen die Töne in der Luft und die Wolken am Himmel still und gruben sich in ihren Platz und Augenblick hinein, und sie war auch nicht mehr etwas andres als sie, etwas Ziehendes, Hallendes, … sie glaubte, die Liebe der Tiere verstehen zu können … und der Wolken und Geräusche. Und fühlte die Augen des Ministerialrats die ihren suchen … und erschrak und verlangte nach sich und spürte plötzlich ihre Kleider wie etwas um die letzte ihr von sich gebliebne Zärtlichkeit Geschloßnes und fühlte darunter ihr Blut, sie glaubte seinen scharfen, zitternden Duft zu riechen, und hatte nichts als diesen Körper, den sie preisgeben sollte, und dieses geistigste, wirklichkeitsübersehnende Gefühl von Seele als ein Gefühl von ihm – diese letzte Seligkeit – und wußte nicht, wurde in diesem Augenblick ihre Liebe zum äußersten Wagnis oder verblaßte sie schon und es öffneten sich ihre Sinne wie neugierige Fenster?

Sie saß dann im Speisezimmer. Es war Abend. Sie fühlte sich einsam. Eine Frau sprach zu ihr herüber: »Ich habe heute nachmittag Ihr Töchterchen gesehen, als es auf Sie wartete, es ist ein reizendes Kind, Sie haben gewiß viel Freude an ihm.« Claudine war an diesem Tag nicht wieder im Institut gewesen, aber es war ihr unmöglich zu antworten, sie schien plötzlich nur mit irgendeinem empfindungslosen Teil von sich, mit den Haaren oder den Nägeln oder als hätte sie einen Leib aus Horn, unter diesen Menschen zu sein. Dann entgegnete sie doch irgend etwas und hatte dabei die Vorstellung, daß alles, was sie sagte, sich wie in einem Sack oder in einem Netz verstrickte; ihre eigenen Worte erschienen ihr fremd zwischen den fremden, wie Fische an den feuchtkalten Leibern anderer Fische zappelten sie in dem unausgesprochenen Gewirr der Meinungen.

Es faßte sie ein Ekel. Sie fühlte wieder, daß es nicht auf das ankam, was sie von sich sagen, mit Worten erklären konnte, sondern daß alle Rechtfertigung in etwas ganz anderem lag, – einem Lächeln, einem Verstummen, einem inneren Sichhören. Und sie empfand plötzlich eine unsagbare Sehnsucht nach jenem einzigen Menschen, der auch so einsam war, den auch niemand hier verstehen würde und der nichts hatte als jene weiche Zärtlichkeit voll gleitender Bilder, die wie ein nebliges Fieber den harten Stoß der Dinge auffängt, das alles äußere Geschehen groß, gedämpft und flächenhaft zurückläßt, während innen alles in dem ewigen, geheimnisvollen, in allen Lagen ruhenden Gleichgewicht des Beisichseins schwebt.

Während aber sonst in ähnlicher Stimmung ein solches Zimmer mit Menschen sich wie eine einzige heiße, schwere, kreisende Masse um sie schloß, war hier mitunter ein heimliches Stillstehn und Auslassen und auf seine Plätze Springen. Und mürrisch sie Abwehren. Ein Schrank, ein Tisch. Es geriet zwischen ihr und diesen gewohnten Dingen etwas in Unordnung, sie offenbarten etwas Ungewisses und Wankendes. Es war plötzlich wieder jene Häßlichkeit wie auf der Reise, keine einfache Häßlichkeit, sondern es griff ihr Gefühl gleich einer Hand durch die Dinge hindurch, wenn es sie anfassen wollte. Es taten sich Löcher auf vor ihrem Gefühl, als ob – seit jene letzte Sicherheit in ihr verträumt sich anzustarren begonnen hatte – in einer sonst nicht wahrnehmbaren Einbettung der Dinge in ihr Empfinden sich etwas gelockert hätte, und statt eines verketteten Klingens von Eindrücken wurde durch diese Unterbrechungen die Welt um sie wie ein unendliches Geräusch.

Sie fühlte, wie dadurch etwas in ihr entstand, wie wenn man am Meer geht, ein Sichuneindrückbarfühlen in dieses Tosen, das jedes Tun und jeden Gedanken bis auf den Augenblick wegreißt, und allmählich ein Unsicherwerden und ein langsames Sich-nicht-mehr-begrenzen-können und -spüren und ein Selbstverfließen, – in einen Wunsch zu schreien, eine Lust nach unglaublich maßlosen Bewegungen, in irgendeinen wurzellos aus ihr emporwachsenden Willen etwas zu tun, ohne Ende, nur um sich daran zu empfinden; es lag eine saugende, schmatzend verwüstende Kraft in diesem Verlorengehn, wo jede Sekunde wie eine wilde, abgeschnittene, verantwortungslose Einsamkeit ohne Gedächtnis blöd in die Welt starrte. Und es riß Gebärden und Worte aus ihr heraus, die irgendwoher neben ihr vorbeikamen und doch noch sie waren, und der Ministerialrat saß davor und mußte gewahren, wie es etwas, das in sich verborgen das Geliebte ihres Leibes trug, ihm näherte, und schon sah sie nichts mehr als die unaufhörliche Bewegung, mit der sein Bart auf und nieder ging, während er sprach, gleichmäßig, einschläfernd, wie der Bart einer schauerlichen, halblaute Worte kauenden Ziege.

Sie tat sich so leid; zugleich war es ein wiegend summender Schmerz, daß dies alles möglich sein konnte. Der Ministerialrat sagte: »Ich sehe es Ihnen an, daß Sie eine von jenen Frauen sind, deren Schicksal es ist, von einem Sturm hinweggerissen zu werden. Sie sind stolz und möchten es verbergen; aber glauben Sie mir, einen Kenner der Frauenseele täuscht das nicht.« Es war, als sänke sie ohne Aufhören in ihre Vergangenheit hinein. Aber wenn sie um sich sah, fühlte sie bei diesem Sinken durch Seelenzeiten, die wie tiefes Wasser übereinandergeschichtet waren, die Zufälligkeit, nicht daß diese Dinge um sie jetzt so aussahen, sondern daß dieses Aussehen sich auf ihnen hielt, als ob es fest zu ihnen gehörte, widernatürlich eingekrallt wie ein Gefühl, das über seine Zeit hinaus nicht von einem Gesicht will. Und es war sonderbar, wie wenn in dem leise rinnenden Faden des Geschehens plötzlich ein Glied zersprungen und aus der Reihe heraus in die Breite gefahren wäre, es erstarrten allmählich alle Gesichter und alle Dinge in einem zufälligen, plötzlichen Ausdruck, winkelrecht quer durch eine widergewöhnliche Ordnung untereinander verbunden. Und nur sie glitt mit schwankend ausgebreiteten Sinnen zwischen diesen Gesichtern und Dingen – abwärts – dahin.

Der große, durch die Jahre geflochtene Gefühlszusammenhang ihres Daseins wurde dahinter in der Ferne einen Augenblick lang kahl für sich bemerkbar, fast wertlos. Sie dachte, man gräbt eine Linie ein, irgendeine bloß zusammenhängende Linie, um sich an sich selbst zwischen dem stumm davonragenden Dastehn der Dinge zu halten; das ist unser Leben; etwas wie wenn man ohne Aufhören spricht und sich vortäuscht, daß jedes Wort zum vorherigen gehört und das nächste fordert, weil man fürchtet, im Augenblick des abreißenden Schweigens irgendwie unvorstellbar zu taumeln und von der Stille aufgelöst zu werden; aber es ist nur Angst, nur Schwäche vor der schrecklich auseinanderklaffenden Zufälligkeit alles dessen, was man tut…

Der Ministerialrat sagte noch: »Es ist Schicksal, es gibt Männer, deren Schicksal das Bringen der Unruhe ist, man soll sich ihr öffnen, es schützt nichts davor…« Aber sie hörte es kaum. Ihre Gedanken gingen indessen in sonderbaren, fernen Gegensätzen. Sie wollte mit einem Satz, mit einer großen, unbedachten Gebärde sich frei machen und dem Geliebten zu Füßen stürzen; sie fühlte, daß sie es noch gekonnt hätte. Aber etwas zwang sie, vor dem Schreienden, Gewaltsamen daran einzuhalten; vor diesem Strom sein zu müssen, um nicht zu versickern, sein Leben an sich zu pressen, um es nicht zu verlieren, selbst nur zu singen, um nicht plötzlich ratlos zu verstummen. Sie wollte es nicht. Etwas Zögerndes, nachdenklich Gesprochenes schwebte ihr vor. Nicht schreien wie alle, um die Stille nicht zu spüren. Auch nicht Gesang. Nur ein Flüstern, ein Stillwerden, ... Nichts, Leere...

Und einmal kam ein langsames, lautloses Sichvorschieben, über den Rand Beugen, der Ministerialrat sagte: »Lieben Sie nicht das Schauspiel? Ich liebe in der Kunst die Feinheit des guten Endes, die uns über das Alltägliche tröstet. Das Leben enttäuscht, bringt so oft um den Aktschluß. Aber wäre das nicht öde Natürlichkeit...?«

Sie hörte es plötzlich ganz dicht und deutlich. Noch war irgendwo jene Hand, eine spärlich nachgeschobene Wärme, ein Bewußtsein: Du, – aber da ließ sie sich los und irgendeine Sicherheit trug sie, jetzt noch einander das Letzte sein zu können, wortlos, ungläubig, zusammengehörig wie ein Gewebe von todessüßer Leichtheit, wie eine Arabeske für einen noch nicht gefundenen Geschmack, jeder ein Klang, der nur in der Seele des andern eine Figur beschreibt, nirgends, wenn sie nicht zuhört.

Der Ministerialrat richtete sich auf, blickte sie an. Sie fühlte sich plötzlich vor ihm stehen und fern von sich jenen einen geliebten Menschen; er mochte irgend etwas denken, ihr fiel ein, daß sie es nicht wissen konnte, – in ihr selbst taumelte zu gleicher Zeit ein wegloses Empfinden, von der Dunkelheit ihres Leibs geschützt. In diesem Augenblick empfand sie ihren Körper, der alles, was er fühlte, wie eine Heimat umhegte, als eine unklare Hemmung. Sie spürte sein Gefühl von sich, das, näher als alles andere, um sie geschlossen war, mit einemmal wie eine unentrinnbare Treulosigkeit, die sie von dem Geliebten trennte, und in einem ohnmächtig auf sie niedersinkenden, noch nie gekannten Erlebnis war ihr, als verkehrte sich ihr die letzte Treue – die sie mit ihrem Körper wahrte – in einem unheimlichen innersten Grunde in ihr Widerspiel.

Vielleicht hatte sie da nichts als den Wunsch, diesen Leib ihrem Geliebten hinzugeben, aber durchzittert von der tiefen Unsicherheit der seelischen Werte faßte er sie wie das Verlangen nach jenem Fremden, und während sie in die Möglichkeit starrte, daß sie sich, noch wenn sie in ihrem Körper das sie Zerstörende erlitte, durch ihn als sie selbst empfinden würde, und vor seinem geheimnisvoll jeder seelischen Entscheidung ausweichenden Gefühl von sich wie vor etwas finster und leer sie in sich selbst Einschließendem schauderte, lockte sie bitterselig ihr Leib, ihn von sich zu stoßen, in der Wehrlosigkeit der sinnlichen Verlorenheit von einem Fremden ihn niedergestreckt und wie mit Messern aufgebrochen zu fühlen, ihn mit Grauen und Ekel und Gewalt und ungewollten Zuckungen füllen zu lassen, – um ihn in einer seltsam bis zur letzten Wahrhaftigkeit geöffneten Treue um dieses Nichts, dieses Schwankende, dieses gestaltlose Überall, diese Krankengewißheit von Seele dennoch wie den Rand einer traumhaften Wunde zu fühlen, der in den Schmerzen des endlos erneuten Zusammenwachsenwollens vergeblich den anderen sucht.

Wie ein Licht hinter zartem Geäder stieg zwischen ihren Gedanken aus dem wartenden Dunkel der Jahre, allmählich sie einhüllend, diese Sterbenssehnsucht ihrer Liebe empor. Und irgendeinmal plötzlich hörte sie sich weit weg im strahlend Ausgespannten antworten, als hätte sie aufgenommen, was der Ministerialrat sagte: »Ich weiß nicht, ob er es ertragen könnte ...«

Zum erstenmal sprach sie da von ihrem Mann; sie schrak auf, es schien nichts ins Wirkliche zu gehören; aber schon fühlte sie die unaufhaltsame Macht des ins Leben entlaufenen Worts. Rasch zufassend sagte der Ministerialrat: »Ja lieben Sie ihn denn?« Es entging ihr nicht das Lächerliche der vermeintlichen Sicherheit, mit der er zustieß, und sie sagte: »Nein; nein, ich liebe ihn ja gar nicht.« Zitternd und entschlossen.

43

Als sie oben in ihrem Zimmer war, verstand sie es kaum noch, aber fühlte den vermummten, unbegreiflichen Reiz ihrer Lüge. Sie dachte an ihren Mann; zuweilen leuchtete etwas von ihm auf, wie wenn man von der Straße in erhellte Zimmer blickt; daran fühlte sie erst, was sie tat. Er sah schön aus, sie wollte bei ihm stehn, dann strahlte dieses Licht auch in ihr. Aber sie duckte sich in ihre Lüge zurück und dann stand sie wieder außen, auf der Straße, im Finstern. Es fror sie; daß sie lebte, tat ihr weh; jedes Ding, das sie ansah, jeder Atemzug. Wie in eine warme, strahlende Kugel konnte sie in jenes Gefühl zu ihrem Mann schlüpfen, sie war dort geschützt, die Dinge stießen nicht wie scharfe Schiffsschnäbel durch die Nacht, sie wurden weich aufgefangen, gehemmt. Und sie wollte nicht.

Sie erinnerte, daß sie schon einmal gelogen hatte. Nicht früher, denn nie war es eine Lüge damals, das war einfach sie. Aber einmal, im spätem, obwohl es die Wahrheit war, bloß als sie sagte, daß sie spazierengegangen sei, abends, zwei Stunden lang, hatte sie gelogen; sie begriff plötzlich, daß sie damals zum erstenmal gelogen hatte. So wie sie vorhin im Zimmer unten zwischen den Menschen saß, ging sie damals durch die Straßen, verloren hin und her, unruhig wie ein verlaufener Hund, und sah in die Häuser; und irgendwo öffnete irgend jemand einer Frau seine Tür, mit seiner Liebenswürdigkeit, seiner Gebärde, mit dem Aussehen seines Empfangs zufrieden; und irgendwo anders ging einer mit seiner Frau zu Besuch und war vollkommene Würde, Gatte und Gleichgewicht; und überall waren wie in einem breiten, gleichmütig alles beherbergenden Wasser kleine wirbelnde Mittelpunkte, mit einem Kreisen um sich, einer nach innen sehenden Bewegung, die irgendwo plötzlich, blind, fensterlos ans Gleichgültige grenzte; und überall innen war dieses Gehaltenwerden vom eigenen Widerhall in einem engen Raum, der jedes Wort auffängt und bis zum nächsten verlängert, damit man nicht hört, was man nicht ertragen könnte, – den Zwischenraum, den Abgrund zwischen den Stößen zweier Handlungen, in den man von dem Gefühl von sich fortsinkt, irgendwohin in das Schweigen zwischen zwei Worten, das ebensogut das Schweigen zwischen den Worten eines ganz anderen Menschen sein könnte.

Und da befiel es sie im geheimen: irgendwo unter diesen lebt ein Mensch, ein unpassender, ein anderer, aber man hätte sich ihm noch anpassen können und man würde nie etwas von dem Ich wissen, das man heute ist. Denn Gefühle leben nur in einer langen Kette anderer, einander haltend, und es kommt bloß darauf an, daß ein Punkt des Lebens sich ohne Lücke an den andern reiht, und es gibt hundert Weisen. Und da durchfuhr sie zum erstenmal seit ihrer Liebe der Gedanke: es ist Zufall; durch irgendeinen Zufall wurde es wirklich und dann hält man es fest. Und sie fühlte sich zum erstenmal undeutlich bis auf den Grund und spürte dieses letzte, die Wurzel, die Unbedingtheit zerstörende, antlitzlose Gefühl von sich in ihrer Liebe, das sie auch sonst immer wieder zu ihr selbst gemacht hätte und sie von niemandem unterschied. Und da war ihr, als müßte sie sich sinken lassen, wieder ins Treibende, ins Unverwirklichte, ins Nirgendzuhause, und sie lief durch die Traurigkeit der leeren Straßen und sah in die Häuser und wollte keine andere Gesellschaft als den Laut ihrer Absätze auf den Steinen, in dem sie sich, bis auf das bloß Lebendige eingeschränkt, laufen hörte, bald vor sich, bald hinter sich.

Aber während sie damals nur das Zerfallende begriff, den unaufhörlich bewegten Hintergrund unverwirklichter Gefühlsschatten, vor dem jede Kraft sich aneinander zu halten abglitt, die Entwertung, das Unbeweisbare, vom Verstand nicht zu Fassende des eigenen Lebens, und fast weinte, verwirrt und ermüdet von der Verschlossenheit, in die sie eintrat, – hatte sie jetzt, in dem Augenblick, wo es ihr wieder einfiel, was an Vereinigung darin war, bis zu Ende erlitten, in dieser durchscheinend, schimmernd dünnen Verletzlichkeit der lebensnotwendigen Einbildungen: das traumdunkelenge Nur-durch-den-andern-Sein, das Inseleinsame des Nichterwachendürfens, dieses wie zwischen zwei Spiegeln Gleitende der Liebe, hinter denen man das Nichts weiß, und sie fühlte hier in diesem Zimmer, von ihrem falschen Geständnis wie von einer Maske bedeckt, auf das Abenteuer eines andern Menschen in ihr wartend, das wunderbare, gefahrvolle, steigernde Wesen der Lüge und des Betrugs in der Liebe, – heimlich aus sich heraustreten, ins nicht mehr dem andern Erreichbare, ins Gemiedene, in die Auflösung des Alleinseins, um der großen Wahrhaftigkeit willen in die Leere, die zuweilen, einen Augenblick lang, sich hinter den Idealen auftut.

Und mit einemmal hörte sie verheimlichte Schritte, ein Knarren der Treppe, ein Stehenbleiben; vor ihrer Tür ein leise auf der Diele knarrendes Stehenbleiben.

Ihre Augen richteten sich gegen den Eingang; es erschien ihr sonderbar, daß hinter diesen dünnen Brettern ein Mensch stand: sie fühlte nur den Einfluß des Gleichgültigen dabei, des Zufälligen dieser Tür, an deren beiden Seiten sich Spannungen, einander unfindbar, stauten.

Sie hatte sich schon entkleidet. Auf dem Stuhl vor dem Bett lagen ihre Röcke noch so, wie sie sie eben von sich gestreift hatte. Die Luft dieses heute an den, morgen an jenen vermieteten Zimmers betastete sich mit dem Duft von ihrer Innenseite. Sie sah im Zimmer umher. Sie bemerkte ein messingnes Schloß, das schief an einer Kommode herabhing, ihre Augen weilten auf einem kleinen, zerschabten, von vielen Füßen vertretenen Teppich vor ihrem Bett. Sie dachte plötzlich an den Geruch, der von der Haut dieser Füße ausging und hineinging, in Seelen fremder Menschen hineinging, vertraut, schützend wie der Geruch des Elternhauses. Es war eine eigentümlich zwiefältig flimmernde Vorstellung, bald

fremd und ekelerregend, bald unwiderstehlich, als strömte
die Eigenliebe aller dieser Menschen in sie herüber und ihr
bliebe nichts von sich als ein zusehendes Bemerken. Und
noch immer stand jener Mensch vor ihrer Tür und regte sich
nur in kleinen, unwillkürlichen Lauten.

Da packte sie eine Lust, sich auf diesen Teppich zu werfen, die ekligen Spuren dieser Füße zu küssen und wie eine
schnuppernde Hündin sich an ihnen zu erregen. Aber es war
nicht Sinnlichkeit, sondern nur mehr etwas, das wie ein Wind
heulte oder wie ein Kind schrie. Sie kniete sich plötzlich zur
Erde, die steifen Blumen des Teppichs rankten sich größer
und verständnislos vor ihren Augen, sie sah ihre schweren,
frauenhaften Schenkel häßlich darüber gebeugt wie etwas
ganz Sinnloses und doch mit einem unverständlichen Ernst
Gespanntes, ihre Hände starrten einander auf dem Boden
wie zwei fünffach gegliederte Tiere an, die Lampe draußen
fiel ihr mit einemmal ein, mit ihren grauenhaft stumm an der
Decke wandernden Ringen, die Wände, die kahlen Wände,
die Leere und wieder der Mensch, der dort stand, manchmal
bewegt, knarrend wie ein Baum in der Rinde, sein drängen-
des Blut wie buschiges Laubwerk im Kopf, während sie hier
auf den Gliedern lag, bloß hinter einer Tür, und irgendwie
trotzdem die volle Süße ihres reifen Leibs empfand, mit jenem unverlornen Rest von Seele, der noch bei zerstörenden
Verletzungen reglos neben der auseinanderbrechenden Ent-
stelltheit steht, in ein schweres, ununterbrochenes Wahrnehmen davon weggerichtet, wie neben einem gefallenen Tier.

Dann hörte sie vorsichtig den Menschen fortgehn. Und
begriff plötzlich, noch herausgerissen aus sich, daß das die
Untreue war; stärker bloß als die Lüge.

Sie richtete sich langsam auf den Knien empor. Sie starrte
in das Unbegreifliche, daß es jetzt schon wirklich gewesen sein
könnte, und zitterte, wie wenn man bloß vom Zufall, ohne eigene Kraft aus einer Gefahr befreit wurde. Und versuchte es

auszudenken. Sie sah ihren Körper unter dem des Fremden liegen, mit einer Deutlichkeit der Vorstellung, die wie kleines Gerinnsel in alle Einzelheiten floß, sie fühlte ihr Blaßwerden und die errötenden Worte der Hingabe und die Augen des Menschen, niederhaltend über ihr stehend, gespreitet über ihr stehend, gesträubte Augen wie Raubvogelflügel. Und dachte fortwährend: das ist die Untreue. Und es fiel ihr ein, wenn sie von dem zu ihm zurückkäme, müßte er sagen: ich kann dich nicht von innen fühlen, und sie hatte als Antwort nur ein wehrloses Lächeln, ein Lächeln: glaub mir, es war nichts gegen uns, – und empfand trotzdem in diesem Augenblick ihr Knie sinnlos gegen den Boden gepreßt, wie ein Ding, und fühlte sich darin, unzugänglich, mit dieser wehen, ungeschützten Gebrechlichkeit der innersten Menschenmöglichkeiten, die kein Wort, keine Wiederkehr festhält und in den Zusammenhang des Lebens ordnet. Es war kein Gedanke mehr in ihr, sie wußte nicht, ob sie unrecht tat, es war alles um sie wie ein seltsamer, einsamer Schmerz. Ein Schmerz, der wie ein Raum war, ein aufgelöster, schwebender und doch wie um ein mildes Dunkel zusammenhängender, leise steigender Raum. Es blieb unter ihm allmählich ein starkes, deutliches, gleichgültiges Licht zurück, in dem sie alles sah, was sie tat, diesen stärksten, aus ihr herausgerissenen Ausdruck der Überwältigung, diese größte vermeintliche Heraufgeholtheit und Hingegebenheit ihrer Seele,… zusammengesunken, klein, kalt, mit verlorner Beziehung, weit, weit unter ihr…

Und nach langer Zeit war es, als ob wieder ein vorsichtig tastender Finger die Klinke suchte, und sie wußte den Fremden lauschend vor ihrer Tür. Es schwirrte schwindelnd in ihr auf, zum Eingang zu kriechen und den Riegel zu lösen.

Aber sie blieb in der Mitte des Zimmers auf der Erde liegen; es hielt sie noch einmal etwas auf, ein häßliches Gefühl von sich, ein Gefühl wie einst, wie ein Hieb durchschnitt ihre Sehnen der Gedanke, es möchte alles nur ein Rückfall in ihre

Vergangenheit sein. Und plötzlich hob sie die Hände: Hilf mir, du, hilf mir! und fühlte es als Wahrheit und es war ihr doch nur ein leis zurückstreichelnder Gedanke: wir kamen aufeinander zu, geheimnisvoll durch Raum und Jahre, nun dringe ich in dich ein auf schmerzhaften Wegen.

Und dann kam die Ruhe, die Weite. Das Hereinströmen der schmerzhaft gestauten Kräfte nach dem Durchbrechen der Wände. Wie ein glänzend stiller Wasserspiegel lag ihr Leben, Vergangenheit und Zukunft, in der Höhe des Augenblicks. Es gibt Dinge, die man nie tun kann, man weiß nicht warum, es sind vielleicht die wichtigsten; man weiß, es sind die wichtigsten. Man weiß, daß eine fürchterliche Beklemmung auf dem Leben liegt, eine steife Enge wie auf Fingern im Frost. Und manchmal löst sich das, manchmal wie Eis von Wiesen, man ist nachdenklich, eine dunkle Helligkeit ist man, die sich in die Weite dehnt. Aber das Leben, das knöcherne Leben, das entscheidende Leben hakt sich achtlos anderswo Glied in Glied, man handelt nicht.

Sie erhob sich plötzlich vollends und der Gedanke es tun zu müssen trieb sie lautlos vorwärts; ihre Hände lösten den Riegel. Aber es blieb still, niemand pochte. Sie öffnete die Tür und sah hinaus; niemand, die leeren Wände starrten in dem trüben Licht der Lampe um einen leeren Raum. Sie mußte es nicht gehört haben, als er wegging.

Sie legte sich nieder. Vorwürfe gingen ihr durch den Kopf. Schon von Schlaf umrändert, empfand sie, ich tue dir weh, aber sie hatte das seltsame Gefühl, alles was ich tue, tust du. Schon im Schlaf vergessend, war ihr, wir geben alles preis, was sich preisgeben läßt, um uns mit dem, woran niemand heran kann, fester zu umschlingen. Und nur einmal, für einen Augenblick ganz wach heraufgeschleudert, dachte sie: Dieser Mensch wird über uns siegen. Aber was bedeutet Siegen? Und ihr Denken glitt schläfernd an dieser Frage wieder hinab. Sie empfand ihr schlechtes Gewissen wie eine letzte sie begleitende Zärtlichkeit. Eine große, dunkel die Welt vertiefende Eigensucht hob sich über sie wie über einen, der sterben muß, sie sah hinter ihren geschlossenen Augen Büsche, Wolken und Vögel und wurde so klein dazwischen und doch war alles nur wie für sie da. Und es kam ein Augenblick des sich Schließens und alles Fremde aus sich Ausschließens und in einer halb schon träumenden Vollendung eine große, ganz rein sie enthaltende Liebe. Ein zitterndes Auflösen aller scheinbaren Gegensätze.

Der Ministerialrat kam nicht wieder; so schlief sie ein, ruhig, bei offener Tür, wie ein Baum auf der Wiese.

Am nächsten Morgen setzte ein linder, geheimnisvoller Tag ein. Ihr Erwachen war wie hinter hellen Gardinen, die alles Wirkliche des Lichts außen zurückhalten. Sie ging spazieren, der Ministerialrat begleitete sie. Etwas Schwankendes wie eine Trunkenheit von der blauen Luft und dem weißen Schnee war in ihr. Sie kamen an den Rand des Orts, sie sahen hinaus, die weiße Fläche hatte etwas Strahlendes und Feierliches.

Sie standen an einem Zaun, der einen kleinen Feldweg sperrte, eine Bäuerin schüttete den Hühnern das Futter, ein Fleckchen gelbes Moos leuchtete ganz hell in den Himmel. »Glauben Sie...«, fragte Claudine und blickte durch die Gasse zurück in die lichtblaue Luft und führte den Satz nicht zu Ende und sagte nach einer Weile: »... wie lange mag dieser Kranz dort hängen? Ob die Luft es spürt? Wie lebt er?« Sonst sagte sie nichts und wußte auch nicht, warum sie dies sagte; der Ministerialrat lächelte. Ihr war, als stünde alles in Metall gegraben und noch zitternd von dem Druck der Stichel. Sie stand neben diesem Menschen und während sie fühlte, daß er sie ansah und was immer an ihr bemerken mochte, ordnete sich in ihrem Innern etwas und lag hell und weit wie Feld neben Feld unter den Augen eines kreisenden Vogels.

Dieses Leben blau und dunkel und mit einem kleinen, gelben Fleck... was will es? Dieses Locken der Hühner und leise Aufschlagen der Körner, durch das es plötzlich wie der Schlag einer Stunde geht,... zu wem spricht es? Dieses Wortlose, das sich in die Tiefe hineinfrißt und nur manchmal durch den engen Spalt weniger Sekunden in einem Vorübergehenden heraufschießt und sonst tot bleibt,... was soll es? Sie blickte es an, mit schweigenden Augen und spürte die Dinge, ohne sie zu denken, bloß wie Hände manchmal auf einer Stirn ruhn, wenn nichts mehr sagbar ist.

Und dann hörte sie alles nur mehr mit einem Lächeln. Der Ministerialrat glaubte, die Maschen seines Gewebes sorgfältig enger um sie zu ziehn, sie ließ ihn gewähren. Es war ihr nur, während er redete, wie wenn man zwischen Häusern geht, in denen Menschen sprechen, in das Gefüge ihres Nachdenkens schob sich zuweilen ein zweites und zog ihre Gedanken mit sich, dahin, dorthin, sie folgte ihm freiwillig, tauchte dann für eine Weile wieder in sich selbst auf, halb, dämmernd, versank, so ein leise durcheinanderfließendes Gefangennehmen war es.

Dazwischen spürte sie, als ob es ihr eigenes Gefühl wäre, wie dieser Mensch sich liebte. Die Vorstellung seiner Zärtlichkeit für sich erregte sie leise sinnlich. Es war ein Stillwerden darum, wie wenn man in einen Bezirk trat, in dem stumme, andre Entscheidungen gelten. Sie fühlte sich von dem Ministerialrat gedrängt und fühlte sich nachgeben, aber es kam nicht darauf an. Es saß bloß etwas in ihr wie ein Vogel auf einem Ast und sang.

Sie aß leicht zur Nacht und ging früh schlafen. Es war alles schon ein wenig tot für sie, keine Sinnlichkeit mehr. Trotzdem wachte sie nach kurzem Schlummer auf und wußte, er sitzt unten und wartet. Sie nahm ihre Kleider und zog sich an. Stand auf und kleidete sich an, nichts sonst; kein Gefühl, kein Gedanke, nur ein fernes Bewußtsein von Unrechtem, vielleicht auch, als sie fertig war, ein nacktes, nicht genügend geschütztes Gefühl. So kam sie hinunter. Das Zimmer war leer, Tische und Stühle hatten etwas nachtwach ungefähr Ragendes. In einer Ecke saß der Ministerialrat.

Sie hatte irgend etwas im Gespräch gesagt, vielleicht: ich fühle mich allein oben; sie wußte, in welcher Weise er es mißverstehen mußte. Nach einer Weile faßte er ihre Hand; sie stand auf. Zögerte. Dann lief sie hinaus. Sie fühlte, daß sie es wie eine dumme kleine Frau tat, und es war ihr ein Reiz. Auf der Treppe hörte sie Schritte ihr folgen, die Stufen ächzten, sie dachte plötzlich irgend etwas sehr Fernes, sehr Abstraktes und ihr Körper zitterte dabei um sie wie ein Tier, das in einem Wald verfolgt wird.

Der Ministerialrat sagte dann, als er bei ihr im Zimmer saß, beiläufig dies: Nicht wahr, du liebst mich? Ich bin zwar kein Künstler oder Philosoph aber ein ganzer Mensch, ich glaube, ein ganzer Mensch. Und sie antwortete: »Was ist das, ein ganzer Mensch?« »Sonderbar fragst du«, ereiferte sich der Ministerialrat, aber sie sagte: »Nicht so, ich meine, wie sonderbar, daß man einen gern hat, eben weil man ihn gern hat, seine Augen, seine Zunge, nicht die Worte, sondern den Klang...«

Da küßte sie der Ministerialrat: »So also liebst du mich?«

Und Claudine fand noch die Kraft zu entgegnen: »Nein, ich liebe, daß ich bei Ihnen bin, die Tatsache, den Zufall, daß ich bei Ihnen bin. Man könnte bei den Eskimos sitzen. In Hosen aus Fell. Und hängende Brüste haben. Und das schön finden. Gäbe es denn nicht auch andere ganze Menschen?«

Aber der Ministerialrat sagte: »Du irrst dich. Du liebst mich. Du kannst dir bloß noch nicht Rechenschaft darüber geben und gerade das ist das Zeichen der wahren Leidenschaft.«

Unwillkürlich, wie sie ihn so sich über sie breiten fühlte, zögerte etwas in ihr. Aber er bat sie: »Oh, schweig.«

Und Claudine schwieg; nur noch einmal sprach sie; während sie sich entkleideten; sie begann zwecklos zu reden, unpassend, vielleicht wertlos, bloß wie ein schmerzliches Überetwashinstreicheln war es: »... es ist wie wenn man durch einen schmalen Paß tritt; Tiere, Menschen, Blumen, alles verändert; man selbst ganz anders. Man fragt, wenn ich hier von Anbeginn gelebt hätte, wie würde ich über dies denken, wie jenes fühlen? Es ist sonderbar, daß es nur eine Linie ist, die man zu überschreiten braucht. Ich möchte Sie küssen und dann rasch wieder zurückspringen und sehen; und dann wieder zu Ihnen. Und jedesmal beim Überschreiten dieser Grenze müßte ich es genauer fühlen. Ich würde immer bleicher werden; die Menschen würden sterben, nein, einschrumpfen; und die Bäume und die Tiere. Und endlich wäre alles nur ein ganz dünner Rauch... und dann nur eine Melodie... durch die Luft ziehend... über einer Leere...«

Und noch einmal sprach sie: »Bitte, gehn Sie weg«, sprach sie, »mir ekelt.«

Aber er lächelte nur. Da sagte sie: »Bitte, geh weg.« Und er seufzte befriedigt: »Endlich, endlich, du liebe, kleine Träumerin, sagst du: Du!«

Und dann fühlte sie mit Schaudern, wie ihr Körper trotz allem sich mit Wollust füllte. Aber ihr war dabei, als ob sie an etwas dächte, das sie einmal im Frühling empfunden hatte: dieses wie für alle da sein können und doch nur wie für einen. Und ganz fern, wie Kinder von Gott sagen, er ist groß, hatte sie eine Vorstellung von ihrer Liebe.

Die Versuchung der stillen Veronika

Irgendwo muß man zwei Stimmen hören. Vielleicht liegen sie
bloß wie stumm auf den Blättern eines Tagebuchs nebeneinander und ineinander, die dunkle, tiefe, plötzlich mit einem
Sprung um sich selbst gestellte Stimme der Frau, wie die Seiten es fügen, von der weichen, weiten, gedehnten Stimme des
Mannes umschlossen, von dieser verästelt, unfertig liegenge-
bliebenen Stimme, zwischen der das, was sie noch nicht zu
bedecken Zeit fand, hervorschaut. Vielleicht auch dies nicht.
Vielleicht aber gibt es irgendwo in der Welt einen Punkt, wo-
hin diese zwei, überall sonst aus der matten Verwirrung der
alltäglichen Geräusche sich kaum heraushebenden Stimmen
wie zwei Strahlen schießen und sich ineinander schlingen,
irgendwo, vielleicht sollte man diesen Punkt suchen wollen,
dessen Nähe man hier nur an einer Unruhe gewahrt wie die
Bewegung einer Musik, die noch nicht hörbar, sich schon mit
schweren unklaren Falten in dem undurchrissenen Vorhang
der Ferne abdrückt. Vielleicht daß diese Stücke hier dann aneinander sprängen, aus ihrer Krankheit und Schwäche hinweg ins Klare, Tagfeste, Aufgerichtete.

***

»Kreisendes!« Nachträglich, in den Tagen einer fürchterlichen Entscheidung zwischen einer mit unsichtbarer Bestimmtheit wie ein dünner Faden gespannten Phantasie und
der gewohnten Wirklichkeit, in diesen Tagen einer verzwei-
felten letzten Anstrengung jenes Unfaßbare in diese Wirklichkeit zu ziehen – und dann des Fallenlassens und sich in

das einfach Lebendige wie in einen wirren Haufen warmer Federn Werfens sprach er es an wie einen Menschen. Er sprach in diesen Tagen stündlich mit sich selbst und sprach laut, weil er sich fürchtete. Es hatte sich etwas in ihm gesenkt, mit jener unverständlichen Unaufhaltsamkeit, mit der sich plötzlich irgendwo im Körper ein Schmerz verdichtet und zu einem entzündeten Gewebe wird und als Wirklichkeit weiter wächst und zu einer Krankheit wird, die mit dem milden, zweideutigen Lächeln der Peinigungen den Körper zu beherrschen anfängt.

»Kreisendes«, flehte Johannes, »daß du doch auch außerhalb meiner wärst!« Und: »daß du ein Kleid hättest, an dessen Falten ich dich halten könnte. Daß ich mit dir sprechen könnte. Daß ich sagen könnte: du bist Gott, und ein kleines Steinchen unter der Zunge trüge, wenn ich von dir rede, um der größeren Wirklichkeit willen! Daß ich sagen könnte: dir befehl ich mich, du wirst mir helfen, du siehst mir zu, mag ich tun was ich will, etwas von mir liegt reglos und mittelpunktsstill, und das bist du.«

Aber so lag er bloß mit dem Mund im Staub und einem wie ein Kind danach tastenden Herzen. Und wußte bloß, daß er es brauchte, weil er feig war, wußte es. Aber es geschah dennoch, wie um aus seiner Schwäche eine Kraft zu holen, die er ahnte und die ihn lockte, wie sonst nur in der Jugend manchmal etwas gelockt hatte, der mächtige, noch gänzlich antlitzlose Kopf einer unklaren Gewalt und man fühlt, daß man mit den Schultern unter ihn hineinwachsen und ihn sich aufsetzen könnte und mit dem eigenen Gesicht ihn durchdringen.

Und einmal hatte er zu Veronika gesagt: es ist Gott; er war furchtsam und fromm, es war lange her und war sein erster Versuch, das Unbestimmbare, das sie beide fühlten, fest zu machen; sie glitten in dem dunklen Haus aneinander vorbei; aufwärts, abwärts, aneinander vorbei. Aber wie er es aussprach, war es ein entwerteter Begriff und sagte nichts von dem, was er meinte.

Was er meinte aber, war damals vielleicht nur etwas wie jene Zeichnungen, die sich manchmal in Stein bilden, – niemand weiß, wo das lebt, worauf sie deuten, und wie es in seiner vollen Wirklichkeit sein mag, – an Mauern, in Wolken, in wirbelndem Wasser, was er meinte, war vielleicht nur das unbegreiflich Hergekommene von etwas noch Abwesendem wie jene seltenen Mienen in Gesichtern, die gar nicht mit diesen, sondern mit irgendwelchen anderen, plötzlich jenseits alles Gesehenen vermuteten Gesichtern zusammenhängen, waren kleine Melodien mitten in Geräuschen, Gefühle in Menschen, ja es gab in ihm Gefühle, die, wenn seine Worte sie suchten, noch gar keine Gefühle waren, sondern nur als hätte sich etwas in ihm verlängert, mit den Spitzen sich schon hineintauchend, benetzend, seine Furcht, seine Stille, seine Schweigsamkeit, wie die Dinge manchmal sich verlängern, an fieberhellen Frühlingstagen, wenn ihre Schatten über sie hinauskriechen und so still und nach einer Richtung bewegt stehen wie Spiegelbilder im Bach.

Und er sagte oft zu Veronika, daß es wirklich nicht Furcht sei oder Schwäche, was in ihm war, sondern nur so, wie Angst manchmal bloß das Rauschen um ein noch nie gesehenes und noch nicht gesichtetes Erlebnis ist, oder wie man manchmal ganz bestimmt und ganz unverständlich weiß, daß Angst etwas von einer Frau an sich haben oder Schwäche einmal ein Morgen in einem Landhaus sein werde, um das die Vögel schrillen. Er war in dieser seltsamen Verfassung, daß solche halbe, unausdrückbare Bildungen in ihm entstanden.

Einmal aber sah Veronika ihn an, mit ihren großen still gesträubten Augen, – sie saßen ganz allein in einem der halbdunklen Säle, – und fragte: »Also ist etwas auch in dir, das du nicht klar fühlen und verstehen kannst, und du nennst es bloß Gott, außer dir und als Wirklichkeit gedacht, von dir, als ob es dich dann bei der Hand nähme? Und es ist vielleicht das, was du nie Feigheit oder Weichheit nennen willst; als eine Gestalt gedacht, die dich unter die Falten ihres Kleides nehmen könnte? Und du bedienst dich bloß für irgendwelche Richtungen gleichsam ohne Gerichtetes, für irgendwelche Bewegungen gleichsam ohne Bewegtes, für Gesichte, die in dir nie bis zu wirklichem Leben emporsteigen, solcher Worte wie Gott, weil sie in ihren dunklen Kleidern aus einer andern Welt dahingehen mit der Sicherheit von Fremden aus einem großen, wohlgeordneten Staate, wie Lebendige? Sag, weil wie Lebendige und weil du es um jeden Preis als wirklich fühlen möchtest?«

»Dinge sind es«, meinte er, »hinter dem Horizont des Bewußtseins, Dinge, die sichtbar hinter dem Horizont unseres Bewußtseins vorbeigleiten, oder eigentlich nur ein fremdgespannter, unerforschlicher, vielleicht möglicher neuer Horizont des Bewußtseins, plötzlich angedeutet, in dem noch keine Dinge stehen.« Ideale seien es, meinte er schon damals, nicht Trübungen oder Zeichen irgendeiner seelischen Ungesundheit, sondern Ahnungen eines Ganzen, irgendwoher verfrüht und gelänge es, sie richtig zusammenzufügen, stünde splitternd wie von einem Schlage etwas da, von den feinsten Verästlungen der Gedanken bis außen in die Wipfel der Bäume empor, und wäre in der kleinsten der Gebärden wie der Wind in den Segeln. Und er sprang auf und machte eine große Bewegung fast körperlichen Verlangens.

Und sie sagte damals darauf eine lange Weile nichts und dann antwortete sie: »Auch in mir ist etwas,... siehst du: Demeter...« und stockte und es geschah danach zum erstenmal, daß sie von Demeter sprachen.

Johannes begriff anfangs nicht, wozu es überhaupt geschah. Sie sagte, daß sie irgendeinmal an einem Fenster über einem Hühnerhof stand und dem Hahn zusah, sah zu und dachte an nichts und erst allmählich verstand Johannes, daß sie den Hühnerhof in ihrem Haus meinte. Dann kam Demeter und stellte sich neben sie. Und sie begann zu merken, daß sie doch die ganze Zeit über an etwas gedacht hatte, bloß ganz im Dunkeln, und jetzt fing sie an es zu erkennen. Und Demeters Nähe, erzählte sie, – er verstünde wohl, ganz im Dunkeln begann sie all das zu erkennen, – Demeters Nähe half ihr dabei und beengte sie zugleich. Und nach einer Weile wußte sie, daß es der Hahn gewesen war, woran sie gedacht hatte. Aber vielleicht hatte sie gar nichts gedacht, sondern immerzu nur gesehen, und was sie anblickte, war wie ein fremder harter Körper in ihr liegen geblieben, weil kein Gedanke es auflöste. Und es schien sie unbestimmbar an etwas anderes zu erinnern, das sie auch nicht finden konnte. Und je länger Demeter neben ihr stand, desto deutlicher und eigentümlich ängstlich begann sie den leeren gegenwärtigen Umriß dieses Bildes in sich zu fühlen. Und Veronika sah Johannes fragend an, ob er es verstünde. »Es war immer wieder dieses unsagbar gleichgültige Herabgleiten des Tiers«, sagte sie, was sie vor sich sah, heute noch sehe sie es so, wie etwas das ganz einfach vor sich ginge und doch gar nicht zu begreifen sei, dieses unsagbar gleichgültige Herabgleiten und plötzlich von aller Erregung ganz befreit sein und eine Weile wie blöd und empfindungslos dastehn und wie mit den Gedanken irgendwo fern, in einem schalen, verwesten Licht. Dann meinte sie: »Manchmal, an toten Nachmittagen, wenn ich mit der Tante spazierenging, lag es so über dem Leben; ich glaubte es empfinden zu können und mir war, als strahlte die Vorstellung dieses üblen Lichts von meinem Magen aus.«

Es trat eine Pause ein, Veronika schluckte nach Worten.

Aber sie kam wieder auf das gleiche zurück. »Ich sah danach schon von weitem immer wieder eine solche Welle daherkommen«, ergänzte sie, »und über ihn und ihn hinaufwerfen und wieder loslassen.«

Und wieder entstand ein Schweigen.

Aber plötzlich schlichen ihre Worte hindurch, als müßten sie sich in dem großen, finstern Raum geheimnisvoll verbergen, ganz nahe niederkauernd bei Johannes' Gesicht. »... In solch einem Augenblick packte Demeter meinen Kopf und drückte ihn gegen die Brust hinab, sagte nichts und drückte ihn fest nach abwärts«, flüsterte Veronika; und wieder war danach dieses Schweigen.

Aber Johannes war, als hätte ihn im Dunkeln eine heimliche Hand berührt, und er zitterte, als Veronika fortfuhr: »Ich weiß nicht, wie ich es nennen soll, was mir in diesem Augenblick geschah, mir ahnte plötzlich, Demeter müßte so sein wie der Hahn, in einer schrecklichen, weiten Leere lebend, aus der er plötzlich hervorschoß.« Johannes fühlte, daß sie ihn ansah. Es peinigte ihn, daß sie von Demeter sprach und dabei Dinge sagte, von denen er unklar fühlte, daß sie ihn angingen. Ein unbegreiflich ängstlicher Verdacht stieg in ihm auf, daß Veronika das, was bei ihm abstrakt und an Gott bloß vorbei, wie die gleich leeren Gefühlsrahmen in der Willensunbestimmtheit schlafloser Nächte gespannten Ichgesichte war, in etwas wollen könnte, das er tun sollte. Und es schien ihm, ohne daß er sich wehren konnte, daß ihre Stimme etwas Grausames und Mitleidiges und Lüsternes annahm, als sie fortfuhr: »Ich rief damals: Johannes würde so etwas nie tun! Aber Demeter sagte bloß: Pah Johannes, und steckte die Hände in die Tasche. Und nun – erinnerst du dich? – als du danach zum erstenmal wieder zu uns kamst, wie dich Demeter zur Rede stellte? ›Die Veronika sagt, daß du mehr bist als ich‹, höhnte er dich an, ›aber du bist ja ein Feigling!‹ Und du warst damals wohl noch so, daß du dir das nicht sagen lassen konntest, und gabst ihm zurück: ›Nun das möchte ich sehen.‹ Und darauf schlug er dich mit der Faust ins Gesicht. Und nun – nicht wahr? – da wolltest du zurückschlagen, aber wie du sein drohendes Antlitz sahst und auch den Schmerz stärker zu fühlen begannst, empfandest du plötzlich eine fürchterliche Angst vor ihm, oh ich weiß, fast eine ergebene, freundliche Angst, und mit einemmal lächeltest du, nicht wahr, du wußtest nicht warum, aber du lächeltest und lächeltest, mit einem etwas verzogenen Gesicht, das ich spürte, etwas schüchtern unter seinen zornigen Augen, und doch mit einer so warmen, in dich hineinquellenden Süße und Sicherheit, daß es plötzlich die Beleidigung ausglich und in dich einordnete... Damals sagtest du nachher zu mir, daß du Priester werden wolltest... Da begriff ich plötzlich: nicht Demeter, sondern du bist das Tier...«

Johannes sprang auf. Er verstand nicht. »Wie kannst du so etwas sagen?« rief er, »woran denkst du?!«

Aber Veronika verteidigte sich enttäuscht: »Warum bist du nicht Priester geworden?! Ein Priester hat etwas von einem Tier! Diese Leere, wo andre sich selbst haben. Diese Milde, die man schon an den Kleidern riecht. Diese leere Milde, die das Geschehen einen Augenblick lang aufgehäuft hält, wie ein Sieb, das dann gleich wieder leerläuft. Man müßte aus *ihr* es zu machen suchen. Ich wurde so glücklich, als ich das erkannte...«

Da fühlte er das Unmäßige seiner Stimme und mußte still werden und fühlte, wie er durch das Nachdenken über ihre Behauptung von sich abgebracht wurde, und es ward ihm heiß und verquollen vor Anstrengung bei der Bemühung, seine Einbildungen von der ihren, die irgendwo im Nebel ihnen glich, aber zugleich auch viel wirklicher war und eng wie eine Kammer zu zweit, nicht verwirren zu lassen.

... Als sie beide ruhiger geworden waren, sagte Veronika: »Es ist das, was ich immer noch nicht ganz zu verstehen glaube und wonach wir gemeinsam suchen sollten.« Sie machte die Türe auf und blickte die Treppe hinunter. Sie hatten beide das Gefühl, als schauten sie, ob sie allein seien, und wie ein großer Hohlraum stand das leere dunkle Haus plötzlich über sie gestülpt. Veronika sagte: »Alles, was ich geredet habe, ist es nicht… Ich kenne es selbst nicht… Aber sag du mir doch, was in dir vor sich ging, sag mir, wie das ist, mit dieser lächelnden, süßen Angst…?! Ganz unpersönlich, ganz bis auf irgendeine nackte, warme Weichheit ausgekleidet erschienst du mir damals, als dich Demeter schlug.«

Aber Johannes wußte es nicht zu sagen. Es gingen ihm so viele Möglichkeiten durch den Kopf. Es war ihm, als hörte er in einem Nebenzimmer sprechen und verstünde aus abgerissenen Stücken des Sinns, daß es von ihm war. Er fragte einmal: »Und du hast auch mit Demeter darüber gesprochen?« »Aber das war viel später«, antwortete Veronika und zögerte und sagte: »ein einziges Mal«, und nach einer Weile: »vor einigen Tagen. Ich weiß nicht, was mich trieb.« Johannes fühlte… dumpf irgend etwas… in seinem Bewußtsein war fern ein Erschrecken: so muß Eifersucht sein.

Und erst nach einer langen Weile hörte er wieder, daß Veronika sprach. Er verstand, wie sie sagte: »… es war mir so sonderbar, ich begriff die Person so gut.« Und er fragte mechanisch zurück: »Die Person?« »Ja, die Bäurin oben.« »So, ja, die Bäurin.« »Von der sich die Burschen in den Dörfern erzählen«, wiederholte Veronika, »aber kannst auch du es dir denken? Sie hatte nie mehr einen Geliebten, nur ihre zwei großen Hunde. Und es mag scheußlich sein, was sie sagen, doch denk es nur: diese zwei großen Tiere manchmal fletschend aufgerichtet, heischend, herrisch, wie wenn du ihnen gleich wärst, und du bist es irgendwie:, voll Angst vor ihrem Fell, bis auf einen ganz kleinen gebliebenen Punkt in dir, aber du weißt, im nächsten Augenblick eine Gebärde und sie sind wieder nicht, folgsam, geduckt, Tiere, – das sind nicht nur Tiere, das bist du und eine Einsamkeit, das bist du und noch einmal du, das bist du und ein leeres Zimmer von Haaren, das wünscht kein Tier, sondern irgend etwas, das ich nicht aussprechen kann, und ich weiß nicht, woher ich es dennoch so gut verstehe.«

Doch Johannes bat sie: »Es ist Sünde, was du sprichst, es ist Unflat.«

Aber Veronika ließ nicht ab: »Du wolltest ja Priester werden, warum?! Ich dachte mir, weil… weil du dann für mich kein Mann bist. Hör… hör doch: Demeter sagte ganz unvermittelt zu mir: >Der dort wird dich nicht heiraten und der dort nicht; du wirst hier bleiben und alt werden wie die Tante…< Ja verstehst du nicht, da bekam ich Angst? Ist dir denn nicht auch so? Ich hätte nie daran gedacht, daß die Tante ein Mensch sei. Sie erschien mir nie als ein Mann oder eine Frau. Jetzt erschrak ich mit einemmal darüber, daß das etwas war, was auch ich werden konnte, und fühlte, daß etwas geschehen müsse. Und mir kam plötzlich vor, daß sie durch lange Zeit nie älter geworden sei und dann mit einem Ruck sehr alt und dann wieder geblieben. Und Demeter sagte: >Wir dürfen machen, was wir wollen. Wir haben wenig Geld, aber wir sind die älteste Familie in der Provinz. Wir leben anders, Johannes ging nicht ins Ministerium und ich nicht zur Armee, nicht einmal Geistlicher wurde er. Sie sehen alle ein bißchen auf uns herab, weil wir nicht reich sind, aber wir brauchen das Geld nicht und wir brauchen sie nicht.< Und vielleicht, weil ich noch über die Tante erschrocken war, traf mich das plötzlich so geheimnisvoll – dunkel und wie eine Türe leise seufzend – und ich bekam irgendwie bei Demeters Worten ein Gefühl von unserem Haus, aber weißt du denn nicht, wie auch du es immer empfunden hast, unseren Garten und das Haus,… o der Garten,… ich dachte manchmal mitten im Sommer, so muß es sein, wenn man im Schnee liegt, so trostlos wohlig, ohne Boden schwebend zwischen Wärme und Kälte, man möchte aufspringen und erschlafft in ein süßes Verfließen. Wenn du an ihn denkst, fühlst du nicht diese leere, ununterbrochene Schönheit, wohl Licht, Licht in dumpfem Übermaß, wortlos machendes Licht, sinnlos wohltuend auf der Haut, und ein Ächzen und Reiben in den Rinden und ein unaufhörliches leises Sausen in den Blättern... Ist dir nicht, als ob die Schönheit des Lebens, das da in diesem Garten bei uns endet, etwas Flaches, waagrecht Endloses wäre, das einen einschließt und abschneidet wie ein Meer, in dem man versinken würde, wenn man es betreten wollte...?«

Und jetzt war Veronika aufgesprungen und stand vor Johannes; die Finger ihrer in irgendeinem verlornen Licht schimmernden Hände schienen die Worte ängstlich aus dem Dunkel zu holen.

»Und oft fühle ich dann unser Haus«, tasteten diese Worte, »seine Finsternis mit den knarrenden Treppen und den klagenden Fenstern, den Winkeln und ragenden Schränken und manchmal irgendwo bei einem hohen, kleinen Fenster Licht, wie aus einem geneigten Eimer langsam sickernd ausgegossen, und eine Angst, als stünde einer mit einer Laterne dort. Und Demeter sagte: ›Es ist nicht meine Art, Worte zu machen, das trifft Johannes besser, aber ich versichere dir, es ist manchmal etwas sinnlos Aufgerichtetes in mir, ein Schwanken wie von einem Baum, ein fürchterlicher, ganz unmenschlicher Laut, wie eine Kinderrassel, eine Osterquarre,... ich brauche mich bloß zu beugen, so komme ich mir wie ein Tier vor,... ich möchte manchmal mein Gesicht bemalen...‹ Da kam mir vor, als wäre unser Haus eine Welt, in der wir allein sind, eine trübe Welt, in der alles verkrümmt und seltsam wird wie unter Wasser, und es erschien mir beinahe natürlich, daß ich Demeters Wunsch nachgeben sollte. Er sagte: ›Es bleibt unter uns und existiert kaum wirklich, da es niemand weiß, es hat keine Beziehungen zur wirklichen Welt, um hinausgelangen zu können...‹ Du darfst nicht glauben, Johannes, daß ich irgend etwas für ihn fühlte. Er tat sich bloß vor mir auf wie ein großer mit Zähnen bewehrter Mund, der mich verschlingen konnte, als Mann blieb er mir so fremd wie alle, aber es war ein Hineinströmen in ihn, was ich mir plötzlich vorstellte, und zwischen den Lippen in Tropfen wieder Zurückfallen, ein Hineingeschlucktwerden wie von einem trinkenden Tier, so teilnahmslos und stumpf... Man möchte manchmal Geschehnisse erleben, wenn man sie bloß als Handlungen tun könnte und mit niemandem und mit nichts. Aber da fielst du mir ein, und ich wußte nichts Bestimmtes, aber ich wies Demeter zurück, ... es muß deine Art geben, für das gleiche, eine gute... «

Johannes stammelte: »Was meinst du?«

Sie sagte: »Ich habe eine unklare Vorstellung von dem, was man einander sein könnte. Man hat doch Furcht voreinander, selbst du bist, manchmal wenn du sprichst, so hart und fest wie ein Stein, der nach mir schlägt: ich meine aber eine Art, wo man sich ganz in dem auflöst, was man einander ist, und nicht außerdem noch fremd dabeisteht und zuhört... Ich weiß es nicht zu erklären, ... das, was du manchmal Gott nennst, ist so... «

Dann sagte sie Dinge, die Johannes völlig unklar blieben: »Er, den du meinen solltest, ist nirgends, weil er in allem ist. Er ist eine böse dicke Frau, die mich zwingt, ihre Brüste zu küssen, und ist zugleich ich, die manchmal, wenn sie allein ist, sich flach vor einem Schrank auf die Erde legt und so etwas denkt. Und du bist vielleicht so; du bist manchmal so unpersönlich und eingezogen wie eine Kerze im Dunkel, die nichts selbst ist und nur das Dunkel größer und sichtbarer macht. Seit ich dich damals dich fürchten sah, ist mir, als ob du zuweilen aus meinen Gedanken herausfielst, und nur die Furcht blieb wie ein dunkler Fleck und dann ein warmer, weicher Rand, der sie begrenzt. Und es kommt ja nur darauf an, daß man wie das Geschehen ist und nicht wie die Person, die handelt; man müßte jeder allein sein mit dem, was geschieht, und zugleich müßte man zusammen sein, stumm und geschlossen wie die Innenseite von vier fensterlosen Wänden, die einen Raum bilden, in dem alles wirklich geschehen kann und doch so ohne aus einem in den andern zu dringen, wie wenn es nur in Gedanken geschähe...«

Und Johannes verstand nicht.

Da begann sie sich plötzlich zu verändern, wie etwas zurücksinkt, selbst die Linien ihres Gesichts wurden hier kleiner und dort größer, gewiß, sie hätte noch etwas sagen gekonnt, aber sie schien sich selbst nicht mehr die zu sein, die eben noch gesprochen hatte, und nur zögernd, wie einen weiten ungewohnten Weg kamen ihre Worte: »... was denkst du?... ich glaube, so unpersönlich könnte überhaupt kein Mensch sein, könnte nur ein Tier... Hilf mir doch, warum kann ich immer dabei nur an ein Tier denken...?!«

Und Johannes versuchte, sie irgendwie zu sich zu rufen, er sprach mit einemmal, er wollte plötzlich noch hören.

Doch sie schüttelte nur den Kopf.

***

Johannes; von da an fühlte Johannes eine furchtbare Leichtigkeit, an dem, was er wollte, haarscharf noch vorbeizugreifen. Man kennt manchmal etwas nicht, das man im Dunkeln will, aber man weiß, daß man es verfehlen wird; man lebt dann sein Leben dahin wie in einem versperrten Zimmer, in dem man sich fürchtet. Es ängstigte ihn manchmal etwas, wie wenn er einmal plötzlich zu winseln anfangen könnte, auf vier Gliedern zu laufen und an Veronikas Haaren zu riechen; solche Vorstellungen fielen ihm ein. Aber nichts ereignete sich. Sie gingen aneinander vorbei; sie sahen einander an; sie wechselten belanglose oder suchende Worte – täglich.

Und einmal zwar war ihm das plötzlich wie eine Begegnung in der Einsamkeit, um die die wirre, regellose Nähe mit einem Schlag fest und wie gewölbt wird. Veronika kam die Treppe herunter, an der unten er wartete; so standen sie vereinzelt in der Dämmerung. Und er dachte gar nicht, daß er von ihr etwas begehren wollte, aber wie wenn sie beide, wie sie dastanden, eine Phantasie in einer Krankheit wären, so anders notwendig erschien ihm, daß er da sagte: »Komm, gehen wir zusammen fort.« Doch sie antwortete etwas, wovon er nur verstand:... nicht lieben... nicht heiraten... ich kann die Tante nicht verlassen.

Und noch einmal wiederholte er seinen Versuch, er sagte: »Veronika, ein Mensch, aber manchmal schon ein Wort, eine Wärme, ein Hauch ist wie ein Steinchen in einem Wirbel, das dir plötzlich den Mittelpunkt anzeigt, um den du dich drehst,... wir müßten gemeinsam etwas tun, dann fänden wir es vielleicht...« Doch ihre Stimme hatte noch mehr etwas Lüsternes als jenes Mal, da sie ihm das gleiche geantwortet hatte wie jetzt: »So unpersönlich kann wohl gar kein Mensch sein, könnte nur ein Tier..., ja vielleicht wenn du sterben müßtest...« Und dann sagte sie nein. Und da faßte ihn wieder dies, was eigentlich kein Entschluß war, sondern eine Vision, nichts was sich auf die Wirklichkeit bezog, sondern nur auf sich selbst wie eine Musik, er sagte: »Ich gehe fort; gewiß, vielleicht werde ich sterben.« Aber auch da wußte er, daß es nicht das war, was er meinte.

Und stündlich in dieser Zeit suchte er sich Rechenschaft zu geben und fragte sich, wie sie in Wahrheit sein mußte, daß sie so viel vermochte. Er sagte manchmal: Veronika und fühlte an ihrem Namen den Schweiß, der daran haftet, das demütige, rettungslose Hinterhergehen und das feuchtkalte sich mit einer Absonderung Begnügen. Und er mußte an ihren Namen denken, sooft er die kleinen zwei Löckchen über ihrer Stirn vor sich sah, diese kleinen, sorgfältig wie etwas Fremdes an die Stirn geklebten Löckchen, oder ihr Lächeln, manchmal wenn sie bei Tisch saßen und sie die Tante bediente. Und er mußte sie ansehen, sooft Demeter sprach; aber er stieß immer wieder auf etwas, das ihn nicht verstehen ließ, wie ein Mensch gleich ihr zum Mittelpunkt seines leidenschaftlichen Entschlusses geworden sein konnte. Und wenn er nachdachte, war schon in seiner frühesten Erinnerung etwas längst Verflackertes wie der Duft verlöschter Kerzen um sie, etwas Umgangenes wie die Besuchszimmer im Haus, die reglos unter Leinenbezügen und hinter geschlossenen Vorhängen schliefen. Und nur wenn er Demeter sprechen hörte, Dinge so grauenhaft gewohnt und farblos wie diese von niemandem genützten Möbel, erschien ihm das alles wie ein Laster zu dritt.

Und trotz allem mußte er später, wenn er an sie dachte, immer nur hören, wie sie nein sagte. Dreimal sagte sie plötzlich nein und er hörte sie ganz unbekannt darin. Einmal war es nur leise und dennoch sich merkwürdig schon aus dem Vorherigen herauslösend und durch das Haus gehoben und dann, dann war es wie ein Schlag mit der Peitsche oder wie ein besinnungsloses Sichfestklammern, aber dann war es noch einmal leise, zusammengesunken und fast wie ein Schmerz über Wehtun.

Und zuweilen, jetzt schon wenn er an sie dachte, war ihm als ob sie schön wäre. Von einer höchst zusammengesetzten Schönheit, die man so leicht zu bewundern vergessen und wieder häßlich finden kann. Und er mußte denken, wenn sie vor ihm aus dem Dunkel des Hauses auftauchte, das sich hinter ihr ganz sonderbar ohne Bewegung wieder zusammenschloß, und mit ihrer machtvollen, ungewöhnlichen Sinnlichkeit – wie mit einer fremden Krankheit behaftet – an ihm vorüberglitt, er mußte dann jedesmal denken, daß sie ihn wie ein Tier empfand. Er fühlte es unbegreiflich und furchtbar in seiner größeren Wirklichkeit, als an die er zu Anfang geglaubt hatte. Und auch wenn er sie nicht sah, sah er alles mit übermäßiger Deutlichkeit vor sich, ihren hohen Wuchs und ihre breite, ein wenig flache Brust, ihre niedrige, wölbungslose Stirn mit den dicht und finster gleich über diesen fremden, sanften Löckchen zusammengeschlossenen Haaren, ihren großen, wollüstigen Mund und den leichten Flaum schwarzer Haare, der ihre Arme bedeckte. Und wie sie den Kopf gesenkt trug, als ob ihn der feine Hals nicht tragen könnte, ohne sich zu biegen, und die eigentümliche, fast schamlos gleichgültige Sanftmut, mit der sie den Leib ein wenig hervordrückte, wenn sie ging. Aber sie sprachen kaum mehr miteinander.

***

Veronika hatte plötzlich einen Vogel rufen gehört und einen andern ihm antworten. Und damit endete es. Mit diesem kleinen zufälligen Ereignis, wie das so manchmal geht, endete es, und es begann das, was nur mehr für sie war.

Denn dann huschte, vorsichtig, hastig, wie die Berührung einer spitzen, schnellen, weichhaarigen Zunge, der Geruch des hohen Grases und der Wiesenblumen an den Gesichtern entlang. Und das letzte Gespräch, das sich träg hingezogen hatte, wie man etwas zwischen den Fingern bewegt, an das man längst nicht mehr denkt, brach ab. Veronika war erschrocken; sie merkte erst nachträglich, wie eigentümlich sie erschrocken war, an der Röte, die ihr jetzt ins Gesicht stieg, und an einer Erinnerung, die mit einemmal, über viele Jahre hinweg, wieder da war, unvorbereitet, heiß und lebendig. Es waren in der letzten Zeit allerdings so viele Erinnerungen gekommen und es war ihr, als ob sie diesen Pfiff schon in der Nacht vorher gehört hätte und in der Nacht vor vorher und in einer Nacht vor vierzehn Tagen. Und ihr war auch, als ob sie sich irgendwann früher schon mit dieser Berührung gequält hätte, vielleicht im Schlafe. Sie fielen ihr ein in der letzten Zeit, diese sonderbaren Erinnerungen, immer wieder, sie fielen links und rechts von etwas in ihr ein, davor und dahinter, wie nach einem Ziel ziehende Schwärme, ihre ganze Kindheit, diesmal aber wußte sie mit einer fast unnatürlichen Gewißheit, daß es das Richtige selbst war. Es war eine Erinnerung, die sie mit einemmal erkannte, über viele Jahre hinweg, endlich, unzusammenhängend, heiß und noch lebendig.

Sie liebte damals die Haare eines großen Bernhardinerhundes, besonders die dort vorne, wo die breiten Brustmuskeln bei jedem Schritt über den gewölbten Knochen wie zwei Hügel hervortraten; es waren ihrer dort so übermächtig viele und so goldig braune, und das war so sehr wie unabsehbarer Reichtum und ruhig Grenzenloses, daß sich die Augen verwirrten, wenn man sie auch ganz ruhig nur auf einen Fleck gerichtet ließ. Und während sie sonst nichts empfand als ein einziges, ungegliedertes, starkes Gefühl des Gernehabens, jene zärtliche Kameradschaft eines vierzehnjährigen Mädchens und wie für eine Sache, war es hier manchmal fast wie in einer Landschaft. Wenn man geht und da ist der Wald und die Wiese und da der Berg und das Feld und in dieser großen Ordnung jedes nur wie ein Steinchen so einfach und fügsam, aber furchtbar zusammengesetzt ein jedes, wenn man es für sich anschaut, und verhalten lebendig, so daß man plötzlich in der Bewunderung Angst bekommt, wie vor einem Tier, das die Beine anzieht und reglos liegt und lauert.

Aber einmal, als sie so neben ihrem Hunde lag, war ihr eingefallen, so müßten die Riesen sein; mit Berg und Tal und Wäldern von Haaren auf der Brust und Singvögeln, die in den Haaren schaukelten, und kleinen Läusen, die auf den Singvögeln saßen, und – weiter wußte sie es nicht, aber es brauchte noch kein Ende zu haben und wieder war alles so hintereinandergefügt und eins in das andere gepreßt, daß es nur wie eingeschüchtert von soviel Gewalt und Ordnung stillzuhalten schien. Und sie dachte heimlich, wenn sie zornig würden, müßte das plötzlich in sein tausendfältiges Leben schreiend auseinanderfahren und einen mit furchtbarer Fülle überschütten, und wenn sie dann in Liebe über einen herfielen, müßte es wie von Bergen stampfen und mit Bäumen rauschen und kleine wehende Haare müßten einem am Leibe gewachsen sein und kribbelndes Ungeziefer und eine in Seligkeit über etwas ganz Unsagbares kreischende Stimme und ihr Atem müßte das alles in einen Schwarm von Tieren einhüllen und an sich reißen.

Und als sie da bemerkte, daß es ihre kleinen spitzen Brüste geradeso hob und senkte, wie dieser zottige Atem neben ihr auf und nieder ging, wollte sie es plötzlich nicht haben und hielt an sich, wie wenn sie sonst etwas heraufbeschwören könnte. Aber als sie sich nicht mehr dagegen zu stemmen vermochte und ihr Atem doch wieder so zu gehen begann, wie wenn ihn dieses andere Leben langsam an sich zöge, schloß sie die Augen und begann wieder an die Riesen zu denken, in einem unruhigen Ziehen von Bildern, aber viel näher jetzt und warm wie von niedrig dahinstreichenden Wolken.

Als sie dann lange danach die Augen wieder öffnete, war alles wie früher, nur der Hund stand jetzt neben ihr und sah sie an. Und da bemerkte sie mit einemmal, daß sich lautlos etwas Spitzes, Rotes, lustweh Gekrümmtes aus seinem meerschaumgelben Vlies hervorgeschoben hatte, und in dem Augenblick, wo sie sich jetzt aufrichten wollte, spürte sie die lauwarme zuckende Berührung seiner Zunge in ihrem Gesicht. Und da war sie so eigentümlich gelähmt gewesen, wie... wie wenn sie selbst auch ein Tier wäre, und trotz der abscheulichen Angst, die sie empfand, duckte sich etwas ganz heiß in ihr zusammen, als ob jetzt und jetzt... wie Vogelschreien und Flügelflattern in einer Hecke, bis es still wird und weich im Laut wie von Federn, die übereinandergleiten...

Und das war dies von damals, gerade dieses sonderbar heiße Erschrecken war es, an dem sie jetzt plötzlich alles wiedererkannte. Denn man weiß nicht, woran man es fühlt, aber sie spürte es, daß sie jetzt, nach Jahren, in genau der gleichen Weise erschrocken war wie damals.

Und dort stand, der heute noch abreisen sollte, Johannes, und da stand sie. Das waren bis hieher an dreizehn oder vierzehn Jahre und ihre Brüste waren längst nicht mehr so spitz und neugierig rotgeschnäbelt wie damals, sie hatten sich ein ganz klein wenig gesenkt und waren ein bißchen so traurig wie zwei liegengelassene Papiermützchen auf einer weiten Fläche, denn der Brustkorb hatte sich flach in die Breite gestreckt und das sah aus, wie wenn der Raum um sie davongewachsen wäre. Aber sie wußte das kaum, weil sie es im Spiegel sah, – wenn sie nackt war, im Bade oder beim Umkleiden, denn sie tat schon längst dabei nur mehr das, was eben zur Sache gehörte, – sondern sie spürte es bloß so am Gefühl, weil ihr manchmal vorkam, als hätte sie sich früher in ihre Kleider einschließen gekonnt, ganz fest und nach allen Seiten, während es jetzt nur war, wie wenn man sich mit ihnen bedeckte, und wenn sie sich erinnerte, wie sie sich selbst, so von innen heraus, spürte, war das früher wie ein runder, gespannter Wassertropfen und jetzt längst wie eine kleine, weichgeränderte Lache; so ganz breit und schlaff und spannungslos war dies Empfinden, daß es wohl überhaupt nichts als Trägheit und müde Lässigkeit gewesen wäre, hätte es sich nicht manchmal angefühlt, wie wenn sich etwas unvergleichlich Weiches ganz, ganz langsam in tausend zärtlich vorsichtigen Falten von innen her an sie schmiegte.

Und es mußte bloß irgendwann einmal gewesen sein, daß sie dem Leben näher stand und es deutlicher spürte, wie mit den Händen oder wie am eigenen Leibe, aber schon lange hatte sie nicht mehr gewußt, wie das war, und hatte nur gewußt, daß seither etwas gekommen sein mußte, was es verdeckte. Und hatte nicht gewußt, was es war, ob ein Traum oder eine Angst im Wachen, und ob sie vor etwas erschrocken war, das sie gesehen hatte, oder vor ihren eigenen Augen; bis heute. Denn inzwischen hatte sich ihr schwaches alltägliches Leben über diese Eindrücke gelegt und hatte sie verwischt wie ein matter, dauernder Wind Spuren im Sand; nur mehr seine Eintönigkeit hatte in ihrer Seele geklungen, wie ein leise auf und ab schwellendes Summen. Sie kannte keine starken Freuden mehr und kein starkes Leid, nichts, das sich merklich oder bleibend aus dem übrigen herausgehoben hätte, und allmählich war ihr ihr Leben immer undeutlicher geworden. Die Tage gingen einer wie der andere dahin und eines gleich dem anderen kamen die Jahre; sie fühlte wohl noch, daß ein jedes ein wenig hinwegnahm und etwas hinzutat und daß sie sich langsam in ihnen änderte, aber nirgends setzte sich eines klar von dem anderen ab; sie hatte ein unklares, fließendes Gefühl von sich selbst, und wenn sie sich innerlich betastete, fand sie nur den Wechsel ungefährer und verhüllter Formen, wie man unter einer Decke etwas sich bewegen fühlt, ohne den Sinn zu erraten. Es war allmählich, wie wenn sie unter einem weichen Tuche lebte, geworden oder unter einer Glocke von dünngeschliffenem Horn, die immer undurchsichtiger wurde. Die Dinge traten weiter und weiter zurück und verloren ihr Gesicht und auch ihr Gefühl von sich selbst sank immer tiefer in die Ferne. Es blieb ein leerer, ungeheurer Raum dazwischen und in diesem lebte ihr Körper; er sah die Dinge um sich, er lächelte, er lebte, aber alles geschah so beziehungslos und häufig kroch lautlos ein zäher Ekel durch diese Welt, der alle Gefühle wie mit einer Teermaske verschmierte.

Und nur als diese seltsame Bewegung in ihr entstand, die sich heute erfüllte, hatte sie daran gedacht, ob es nun nicht vielleicht wieder wie vordem werden könnte. Und später hatte sie wohl auch daran gedacht, ob es nicht Liebe sei; Liebe? lange schon wäre die gekommen und langsam; langsam wäre sie gekommen. Und doch für das Zeitmaß ihres Lebens zu rasch, das Zeitmaß ihres Lebens war noch langsamer, es war ganz langsam, es war damals nur mehr wie ein langsames Öffnen und wieder Schließen der Augen und dazwischen wie ein Blick, der sich an den Dingen nicht halten kann, abgeleitet, langsam, unberührt vorbeigleitet. Mit diesem Blick hatte sie es kommen gesehen und konnte darum nicht glauben, daß es Liebe sei; sie verabscheute ihn so dunkel wie alles Fremde, ohne Haß, ohne Schärfe, nur wie ein fernes Land jenseits der Grenze, wo weich und trostlos das eigene mit dem Himmel zusammenfließt. Aber sie wußte seither, daß ihr Leben freudlos geworden war, weil etwas sie zwang, alles Fremde zu verabscheuen, und während ihr sonst nur war wie jemandem, der den Sinn seines Tuns nicht weiß, dünkte sie jetzt manchmal, daß sie ihn bloß vergessen haben und sich vielleicht erinnern könnte. Und es quälte sie etwas Wunderbares, das dann sein müßte, wie die nahe unter dem Bewußtsein treibende Erinnerung an eine wichtige vergessene Sache. Und es begann dies alles damals, als Johannes zurückkehrte und ihr gleich im ersten Augenblick einfiel, ohne daß sie wußte wozu, wie Demeter ihn einst schlug und Johannes gelächelt hatte.

Es war ihr seither, als sei einer gekommen, der das besaß, was ihr fehlte, und ginge damit still durch die verdämmernde Einöde ihres Lebens. Es war nur, daß er ging und die Dinge vor ihren Augen sich zögernd zu ordnen begannen, wenn er daraufsah; es kam ihr vor, manchmal wenn er über sich erschrocken lächelte, als ob er die Welt einatmen und im Leibe halten und von innen spüren könnte, und wenn er sie dann wieder ganz sacht und vorsichtig vor sich hinstellte, erschien er ihr wie ein Künstler, der einsam für sich mit fliegenden Reifen arbeitet; es war nicht mehr. Es tat ihr bloß weh, mit einer blinden Eindringlichkeit der Vorstellung, wie schön alles in seinen Augen vielleicht war, sie war eifersüchtig auf etwas, das er bloß vielleicht fühlte. Denn obgleich unter ihren Blicken jede Ordnung wieder zerfiel und sie zu den Dingen nur die gierige Liebe einer Mutter für ein Kind hatte, das zu leiten sie zu gering ist, begann ihre müde Lässigkeit jetzt manchmal zu schwingen wie ein Ton, wie ein Ton, der im Ohr klingt und irgendwo in der Welt einen Raum wölbt und ein Licht entzündet,... ein Licht und Menschen, deren Gebärden aus verlängerter Sehnsucht bestehen, wie aus Linien, die über sich hinaus verlängert sich erst weit, weit, fast erst im Unendlichen treffen. Er sagte, es sind Ideale, und da bekam sie Mut, daß es wirklich werden könnte. Und es war vielleicht nur, daß sie sich schon in die Höhe zu richten versuchte, aber es schmerzte sie noch, wie wenn ihr Körper krank wäre und sie nicht tragen könnte.

Und damals geschah es auch, daß ihr alle andern Erinnerungen einzufallen begannen bis auf die eine. Sie kamen alle und sie wußte nicht warum und fühlte nur an irgend etwas, daß eine noch fehlte und daß es nur diese eine war, um deretwillen alle andern kamen. Und es bildete sich in ihr die Vorstellung, daß Johannes ihr dazu helfen könnte und daß ihr ganzes Leben davon abhinge, daß sie diese eine gewinne. Und sie wußte auch, daß es nicht eine Kraft war, was sie so fühlte, sondern seine Stille, seine Schwäche, diese stille, unverwundbare Schwäche, die wie ein weiter Raum hinter ihm lag, in dem er mit allem, was ihm geschah, allein war. Aber weiter konnte sie es nicht finden und es beunruhigte sie und sie litt, weil ihr immer, wenn sie schon nahe daran zu sein glaubte, davor wieder ein Tier einfiel; es fielen ihr häufig Tiere ein oder Demeter, wenn sie an Johannes dachte, und ihr ahnte, daß sie einen gemeinsamen Feind und Versucher hatten, Demeter, dessen Vorstellung wie ein großes wucherndes Gewächs vor ihrer Erinnerung lag und deren Kräfte an sich sog. Und sie wußte nicht, ob das alles in dieser Erinnerung seinen Grund hatte, die sie nicht mehr kannte, oder in einem Sinn, der sich vor ihr erst bilden sollte. War das Liebe? Es war ein Wandern in ihr, ein Ziehen. Sie wußte es selbst nicht. Es war wie Gehen auf einem Weg, scheinbar einem Ziel zu, mit einer langsam die Schritte zögern lassenden Erwartung, vorher, irgendeinmal, plötzlich einen ganz andern zu finden und zu erkennen.

Und da verstand er sie nicht und wußte nicht, wie schwer es war, dieses schwankende Gefühl von einem Leben, das sich auf etwas, das sie noch gar nicht kannte, für ihn und sie aufbauen sollte, und begehrte sie mit einer ganz einfachen Wirklichkeit, zur Frau oder irgendwie. Sie konnte es nicht fassen, es erschien ihr sinnlos und im Augenblick fast gemein. Sie hatte niemals ein geradehinzielendes Begehren gespürt, aber nie so sehr wie damals erschienen ihr die Männer nur als ein Vorwand, bei dem selbst man sich nicht aufhalten soll, für etwas anderes, das sich in ihnen nur ungenau verkörpern konnte. Und sie sank plötzlich wieder in sich zurück und kauerte in ihrer Finsternis und starrte ihn an und erstaunt empfand sie dieses Sich-in-sich-Verschließen zum erstenmal wie eine sinnliche Berührung, der sie sich lüstern vor Bewußtsein hingab, es ganz nahe seinen Augen und doch ihm unerreichbar zu tun. Es sträubte sich etwas in ihr wie ein weiches knisterndes Katzenfell gegen ihn, und als sähe sie einer kleinen, glitzernden Kugel nach, ließ sie ihr Nein aus ihrem Versteck heraus und vor seine Füße rollen... Und dann schrie sie, als er es zertreten wollte.

Und da nun, jetzt, als der Abschied schon unwiderruflich zwischen ihnen aufgerichtet stand und mit zwischen ihnen den letzten Weg ging, war es geschehen, daß plötzlich, mit voller Bestimmtheit, in Veronika auch diese verlorenste Erinnerung emporsprang. Sie fühlte nur, daß sie es sei, und wußte nicht woran und war ein wenig enttäuscht, weil sie an nichts ihres Inhalts erkannte, warum sie es sei; und fand sich nur wie in einer erlösenden Kühle. Sie fühlte, daß sie schon einmal in ihrem Leben so wie jetzt vor Johannes erschrocken war, und verstand nicht, wie es zusammenhing, daß ihr das so viel bedeutet haben konnte, und was es in Zukunft nun sollte, – aber es war ihr mit einemmal, als stünde sie wieder auf ihrem Wege, dort, auf dem gleichen Punkt, wo sie ihn einst verlor, und sie empfand, daß in diesem Augenblicke das wirkliche Erlebnis, das Erlebnis an dem wirklichen Johannes, seinen Scheitelpunkt überschritten hatte und beendigt war.

Sie hatte in diesem Augenblick ein Gefühl wie ein Auseinanderfallen; obwohl sie ganz nahe beieinander standen, war ihr so schräg, als sänken und sänken sie voneinander weg; Veronika sah nach den Bäumen seitlich ihres Wegs, sie standen gerader und aufrechter, als ihr natürlich geschienen hätte. Und da glaubte sie, ihr Nein, das sie vordem nur verwirrt und aus Ahnung gesprochen hatte, erst vollends zu fühlen, und begriff, daß er seinethalben jetzt fortfuhr und es doch nicht wollte. Und es wurde ihr eine Weile lang dabei so tief und schwer, wie zwei Körper nebeneinander liegen, nur mehr so eins und das andre, getrennt und traurig und jeder nur das, was er für sich ist, weil es ja doch beinahe Hingabe geworden wäre, was sie fühlte; und es kam irgend etwas über sie, das sie klein und schwach und zu nichts machte wie ein Hündchen, das klagend auf drei Beinen hinkt, oder wie ein zerschlissenes Fähnchen, das hinter einem Lufthauch daherbettelt, so ganz löste es sie auf und es war eine Sehnsucht in ihr, ihn zu halten, wie eine weiche wunde Schnecke, die mit leisem Zucken nach einer zweiten sucht, an deren Leib es sie verlangt, aufgebrochen und sterbend zu kleben.

Aber da sah sie ihn an und wußte kaum, was sie dachte, und ahnte, daß das, was sie einzig davon wußte, vielleicht – diese plötzliche Erinnerung, die blank und allein in ihr lag – überhaupt nichts war, das man aus sich selbst begreifen konnte, sondern nur dadurch etwas, daß es – irgendeinmal durch eine große Angst an einer Vollendung gehindert – seither verhärtet und verschlossen sich in ihr verbarg und einem andern, das es hätte werden können, den Weg versperrte und aus ihr herausfallen mußte wie ein fremder Körper. Denn schon begann ihr Gefühl für Johannes zu sinken und abzuströmen, – in breiter, befreiter Flut brach etwas lange wie tot und machtlos darunter Gefangnes aus ihr heraus und riß es mit sich, – und an seiner Stelle wölbte sich weit aus der in ihr bloßgelegten Ferne ein Leuchten, etwas pfeilerlos Steigendes, etwas endlos Gehobenes und wie durch Traumnetze zusammenhangverloren Glitzerndes empor.

Und das Gespräch, das sie außen noch führten, wurde kurz und sickernd, und während sie sich noch damit abmühten, fühlte Veronika, wie es schon zwischen den Worten zu etwas anderem wurde, und wußte endgültig, daß er fortreisen mußte, und brach es ab. Es erschien ihr alles, was sie noch sagten und versuchten, umsonst getan, da es entschieden war, daß er weggehen und nicht mehr wiederkehren sollte, – und weil sie empfand, daß sie gar nicht mehr wollte, was sie sonst vielleicht doch noch getan hätte, gewann das davon Übriggebliebene mit einer jähen Wendung einen starren, unverständlichen Ausdruck; sie wußte kaum einen Sinn und eine Begründung dafür, es war schnell und hart, eine Tatsache, ein Gefaßt- und Geworfenwerden.

Und wie er da in dem Gewirr seiner Worte noch immer vor ihr stand, begann sie das Unzureichende seiner Gegenwart, seines wirklichen Bei-ihr-Seins zu fühlen, es drückte schwer auf etwas in ihr, das sich mit der Erinnerung an ihn schon irgendwohin erheben wollte, und sie stieß überall an seine Lebendigkeit, wie man an einen toten Körper stößt, der starr und feindselig und allen Bemühungen widerstehend ist, ihn zur Seite zu schieben. Und wie sie merkte, daß er sie noch immer so dringend ansah, erschien ihr Johannes wie ein großes erschöpftes Tier, das sie nicht von sich abwälzen konnte, und sie fühlte ihre Erinnerung in sich wie einen kleinen, heißen, umklammerten Gegenstand in Händen und mit einemmal hätte es ihr beinahe die Zunge gegen ihn herausgestreckt und war ein sonderbar zwischen Flucht und Lockung geteiltes Empfinden, fast wie die Bedrängnis eines Weibchens, das nach seinem Verfolger beißt.

In diesem Augenblick aber hub wieder der Wind an und ihr Gefühl weitete sich in ihm und löste sich von allem harten Widerstand und Haß, den es ohne ihn aufzugeben wie etwas sehr Weiches in sich einsog, bis von ihm nur ein ganz verlassenes Entsetzen zurückblieb, in dem sich Veronika, während sie es empfand, gleichsam selbst zurückließ; und alles andere ringsumher ward zitternder vor Ahnung. Das Undurchsichtige, das bisher wie ein dunkler Nebel auf ihrem Leben gelastet hatte, war plötzlich in Bewegung geraten und es schien ihr, als ob Formen lang gesuchter Gegenstände sich wie in einem Schleier abdrückten und wieder verschwänden. Und nichts noch zwar hob so sein Gesicht hervor, daß die Finger es halten konnten, alles wich noch zwischen den leise tastenden Worten aus und von nichts konnte man sprechen, aber es war jedes Wort, das nun nicht mehr gesagt wurde, schon von ferne wie durch einen weiten Ausblick gesehn und von jenem merkwürdig mitschwingenden Verstehen begleitet, das alltägliche Handlungen auf einer Bühne zusammendrängt und zu Zeichen eines im flachen Kieselgeflecht des Bodens sonst nicht sichtbaren Weges auftürmt. Wie eine ganz dünne, seidene Maske lag es über der Welt, hell und silbergrau und bewegt wie vor dem Zerreißen; und sie spannte ihre Augen und es flimmerte ihr davor, wie wenn sie von unsichtbaren Stößen gerüttelt würde.

So standen sie nebeneinander, und als der Wind immer voller über den Weg kam und wie ein wunderbares, weiches, duftiges Tier sich überall hinlegte, über das Gesicht, in den Nacken, in die Achselhöhlen…, und überall atmete und überall weiche samtene Haare ausstreckte und sich bei jedem Erheben der Brust enger an die Haut drückte…, löste sich beides, ihr Entsetzen und ihre Erwartung, in einer müden, schweren Wärme, die stumm und blind und langsam wie wehendes Blut um sie zu kreisen begann. Und sie mußte plötzlich an etwas denken, was sie einmal gehört hatte, daß auf den Menschen Millionen kleiner Wesen siedeln und mit jedem Atmen ungezählte Ströme von Leben kommen und gehn, und sie zauderte eine Weile erstaunt vor diesem Gedanken und es ward ihr so warm und dunkel wie in einer großen, purpurnen Woge, aber dann fühlte sie nahe in diesem heißen Blutstrom ein zweites und wie sie aufsah, stand er vor ihr und seine Haare wehten im Winde zu ihren zitternden Haaren herüber und sie berührten einander schon ganz leise mit ihren bebenden Spitzen; da packte sie eine knirschende Lust, wie wenn sich taumelnd zwei Schwärme vermengen, und sie hätte ihr Leben aus sich herausreißen mögen, um in heißer, schützender Finsternis ihn rasend vor Trunkenheit ganz damit zu überstäuben. Aber ihre Körper standen steif und starr und ließen bloß mit geschlossenen Augen geschehen, was da heimlich vor sich ging, als dürften sie es nicht wissen, und nur immer leerer und müder wurden sie und dann sanken sie ein wenig zusammen, ganz sanft und ruhig und so sterbensstill zärtlich, wie wenn sie ineinander verbluten würden.

Und wie der Wind sich hob, war ihr, als stiege sein Blut an ihr unter den Röcken hinauf, und es füllte sie bis zum Leibe mit Sternen und Kelchen und Blauem und Gelbem und mit feinen Fäden und tastendem Berühren und mit einer reglosen Wollust, wie wenn Blumen im Winde stehn und empfangen. Und noch als die untergehende Sonne durch den Rand ihrer Röcke schien, stand sie ganz träg und still und schamlos ergeben, als ob man es sehen könnte. Und nur ganz, ganz vergessen dachte sie schon an jene größere Sehnsucht, die sich noch erfüllen sollte, aber das war in diesem Augenblick bloß so leise traurig, wie wenn weit weg die Glocken läuten; und sie standen nebeneinander und hoben sich groß und ernst – wie zwei riesige Tiere mit gebogenen Rücken in den Abendhimmel.

***

Die Sonne war untergegangen; Veronika ging nachdenklich und allein den Weg zurück; zwischen Wiesen und Feldern. Wie aus einer zerbrochen am Boden liegenden Hülle war ihr aus diesem Abschied ein Gefühl von sich emporgestiegen; es war plötzlich so fest, daß sie sich wie ein Messer in dem Leben dieses andern Menschen fühlte. Es war alles klar gegliedert, er ging und würde sich töten, sie prüfte es nicht, es war etwas so Wuchtendes wie ein dunkler, schwerer Gegenstand auf der Erde liegt. Es erschien ihr als etwas so Unwiderrufliches wie ein Schnitt durch die Zeit, vor dem alles Frühere unverrückbar erstarrt war, es sprang dieser Tag mit einem plötzlichen Blinken wie ein Schwert aus allen anderen heraus, ja ihr war, als sähe sie körperlich in der Luft, wie die Beziehung ihrer Seele zu dieser andern Seele zu etwas Letztem, Unabänderlichem geworden war, das wie ein Aststumpf in die Ewigkeit ragte. Sie fühlte zuweilen Zärtlichkeit für Johannes, dem sie dies dankte, und dann wieder nichts, nur ihr Schreiten. Eine in die Einsamkeit drängende Bestimmtheit ohne anderes Ziel trieb sie; zwischen Wiesen und Feldern. Die Welt wurde abendlich klein. Und allmählich begann eine seltsame Lust Veronika zu tragen wie eine leichte, grausame Luft, die sie mit bebendem Wittern einatmete, die sie erfüllte und hob und in der ihre Gebärden ausfuhren, in die Ferne griffen, in der sich ihre Schritte mit einem leisen Druck vom Boden lösten und über Wälder hoben.

Es war ihr fast übel vor Leichtigkeit und Glück. Diese Spannung wich erst von ihr, als sie die Hand auf das Tor ihres Hauses legte. Es war ein kleines, rundes, festgefügtes Tor; als sie es schloß, legte es sich undurchdringlich vor und sie stand im Dunkel wie in einem stillen, unterirdischen Wasser. Sie schritt langsam vorwärts und fühlte dabei, ohne sie zu berühren, die Nähe der kühlen sie umschließenden Wände; es war ein sonderbar heimliches Gefühl, sie wußte, daß sie bei sich war.

Dann tat sie still, was sie zu tun hatte, und der Tag lief zu Ende wie alle andern. Von Zeit zu Zeit tauchte Johannes zwischen ihren Vorstellungen auf, dann sah sie nach der Uhr und wußte, wo er sein mußte. Einmal aber strengte sie sich an, lange nicht an ihn zu denken, und als sie es das nächstemal tat, mußte der Zug schon durch die Nacht der Bergtäler nach

Süden rollen und unbekannte Gegenden schlossen schwarz ihr Bewußtsein.

Sie legte sich zu Bett und schlief rasch ein. Aber sie schlief leicht und ungeduldig wie jemand, dem am nächsten Tag etwas Ungewöhnliches bevorsteht. Es war unter ihren Augenlidern eine beständige Helligkeit; gegen den Morgen zu wurde sie noch lichter und schien sich zu dehnen, sie wurde unsagbar weit; als Veronika aufwachte, wußte sie: das Meer.

Jetzt mußte er es schon vor sich sehen und hatte nichts Notwendiges mehr zu tun als seinen Entschluß auszuführen. Er würde wohl hinausrudern und schießen. Aber Veronika wußte nicht wann. Sie begann zu mutmaßen und Gründe gegeneinanderzustellen. Wird er gleich von der Bahn ins Boot? Wird er auf den Abend warten? Wenn das Meer ganz ruhig daliegt und wie mit großen Augen einen ansieht? Sie ging den ganzen Tag in einer Unruhe dahin, wie wenn beständig feine Nadeln gegen ihre Haut schlügen. Zuweilen tauchte wieder irgendwo – aus einem goldenen Rahmen, der an der Wand aufleuchtete, aus dem Dunkel des Treppenhauses oder aus dem weißen Leinen, an dem sie stickte, – Johannes' Gesicht auf. Bleich und mit karmoisinroten Lippen,... verzerrt und aufgedunsen vom Wasser,... oder bloß wie eine schwarze Locke über einer eingefallenen Stirn. Hie und da war sie dann wie von treibenden Bruchstücken einer plötzlich zurückflutenden Zärtlichkeit erfüllt. Und als es Abend wurde, wußte sie, daß es geschehen sein müsse.

Fern war eine Ahnung in ihr, daß alles sinnlos sei, diese Erwartung und dieses Gebaren, etwas ganz Ungewisses wie wirklich zu behandeln. Zuweilen sprang hastig ein Gedanke durch sie, Johannes wäre nicht tot, und riß wie an einer weichen Decke und ein solches Stück Wirklichkeit sprang auf und sank wieder zusammen. Sie fühlte dann, lautlos und unscheinbar glitt draußen der Abend um das Haus, bloß wie: irgendeinmal kam eine Nacht, kam und ging; sie wußte es. Aber plötzlich erstarb dies. Eine tiefe Ruhe und ein Gefühl des Geheimnisses legte sich langsam in vielen Falten über Veronika.

Und es kam die Nacht, diese eine Nacht ihres Lebens, wo das, was sich unter der Dämmerdecke ihres langen kranken Daseins gebildet hatte und durch eine Hemmung von der Wirklichkeit abgehalten, wie ein fressender Fleck zu seltsamen Figuren unvorstellbarer Erlebnisse auswuchs, die Kraft hatte, sich endlich bewußt in ihr emporzuheben.

Sie zündete, von etwas Unbestimmtem getrieben, in ihrem Zimmer alle Lichter an und saß zwischen ihnen, reglos in der Mitte des Raums; sie holte Johannes' Bild und stellte es vor sich hin. Aber es schien ihr nicht mehr, daß das, worauf sie gewartet hatte, das Geschehen mit Johannes sei, auch nichts in ihr, keine Einbildung, sondern sie empfand mit einemmal, daß ihr Gefühl von ihrer Umgebung sich verändert hatte und hinausgedehnt in ein unbekanntes Gebiet zwischen Träumen und Wachen.

Der leere Raum zwischen ihr und den Dingen verlor sich und war seltsam beziehungsgespannt. Die Geräte wuchteten wie unverrückbar auf ihren Plätzen, – der Tisch und der Schrank, die Uhr an der Wand, – ganz erfüllt von sich selbst, von ihr getrennt und so fest in sich geschlossen wie eine geballte Faust; und doch waren sie manchmal wieder wie in Veronika oder sie sahen wie mit Augen auf sie, aus einem Raum, der wie eine Glasscheibe zwischen Veronika und dem Raum lag. Und sie standen da, als ob sie viele Jahre nur auf diesen Abend gewartet hätten, um zu sich zu finden, so wölbten und bogen sie sich in die Höhe, und unaufhörlich strömte dieses Übermäßige von ihnen aus, und das Gefühl des Augenblicks hob und höhlte sich um Veronika, wie wenn sie selbst plötzlich wie ein Raum mit schweigend flackernden Kerzen um alles stünde. Und manchmal kam eine Erschöpfung über sie von dieser Spannung, dann schien sie nur zu leuchten, eine Helligkeit stieg in allen ihren Gliedern empor und sie fühlte sie wie von außen auf sich und wurde müde von sich wie von dem leise summenden Kreis einer Lampe. Und ihre Gedanken bewegten sich hindurch und hinaus in diese helle Schläfrigkeit, mit spitzen Verästelungen, die wie feinstes Geäder sichtbar wurden. Immer schweigsamer wurde es dann. Schleier sanken, sanft wie Schneetreiben vor beleuchteten Fensterscheiben um ihr Bewußtsein, hie und da knisterte groß und zackig darin ein Licht... Aber nach einer Weile hob sie sich wieder bis an die Grenze ihrer seltsam gespannten Wachheit und hatte plötzlich ganz deutlich die Empfindung: so ist jetzt Johannes, in dieser Art Wirklichkeit, in einem veränderten Raum.

Kinder und Tote haben keine Seele; die Seele aber, die lebende Menschen haben, ist, was sie nicht lieben läßt, wenn sie es noch so wollen, was in aller Liebe einen Rest zurückhält, – Veronika fühlte, was durch alle Liebe sich nicht verschenken kann, ist das, was allen Gefühlen eine Richtung gibt, von dem weg, was ängstlich glaubend an ihnen hängt, was allen Gefühlen etwas dem Geliebtesten Unerreichbares gibt, etwas Umkehrbereites; selbst wenn sie auf ihn zukommen, etwas wie auf geheime Verabredung lächelnd Zurückblickendes. Aber Kinder und Tote, sie sind noch nichts oder sie sind nichts mehr, sie lassen denken, daß sie noch alles werden können oder alles gewesen seien; sie sind wie die gehöhlte Wirklichkeit leerer Gefäße, die Träumen ihre Form leiht. Kinder und Tote haben keine Seele, keine solche Seele. Und Tiere. Tiere waren schrecklich für Veronika in ihrer drohenden Häßlichkeit, aber sie hatten das punktförmig-augenblicks hinabtropfende Vergessen in den Augen.

Irgend so etwas ist Seele für ein unbestimmtes Suchen. Veronika hatte sich ihr dunkles Leben lang vor einer Liebe gefürchtet und nach einer andern gesehnt, in Träumen ist es manchmal so, wie sie es ersehnte. Die Geschehnisse gehen in ihrer ganzen Stärke dahin, groß und schleppend, und doch wie etwas, das in einem ist; das weh tut, aber doch wie man sich selbst weh tut; das demütigt, aber nur: eine Demütigung fliegt wie eine ortlose Wolke dahin und es ist niemand da, der sie sieht; eine Demütigung fliegt wie die Wonne einer dunklen Wolke dahin... So schwankte sie zwischen Johannes und Demeter... Und Träume sind nicht in einem, sie sind auch nicht Bruchstücke der Wirklichkeit, sondern sie wölben irgendwo in einem Gesamtgefühl ihren Ort und dort leben sie, schwebend, schwerlos, wie eine Flüssigkeit in der andern. In Träumen gibt man sich so einem Geliebten hin, wie eine Flüssigkeit in der andern; mit einem veränderten Gefühl vom Raum; denn die wache Seele ist ein unausfüllbarer Hohlraum im Raum, hüglig wie blasiges Eis wird der Raum durch die Seele.

Veronika vermochte sich zu erinnern, daß sie manchmal geträumt hatte. Sie hatte vor heute nie etwas davon gewußt, nur zuweilen war sie, wenn sie aufwachte, – wie einer andern Bewegung gewohnt – an die Enge ihres Bewußtseins gestoßen und irgendwo hinter einer Ritze war es noch hell,... nur eine Ritze, aber sie fühlte einen weiten Raum dahinter. Und jetzt fiel ihr ein, sie mußte oft geträumt haben. Und sie sah durch ihr waches Leben das ihrer Traumgebilde, wie unter der Erinnerung an Gespräche und Handlungen nach langer Zeit die Erinnerung an ein Gefüge von Gefühlen und Gedanken sichtbar wird, die verdeckt blieben, wie man sich stets nur an ein Gespräch erinnert hat und nun mit einemmal weiß, nach Jahren, unaufhörlich läuteten die Glocken währenddessen... Solche Gespräche mit Johannes, solche Gespräche mit Demeter. Und darunter begann sie den Hund, den Hahn, einen Schlag mit der Faust zu erkennen und dann sprach Johannes von Gott; langsam wie mit saugenden Enden schleiften seine Worte darüber hin.

Auch Veronika hatte stets gewußt, irgendwo im Gleichgültigen, ein Tier, jeder kennt es, mit seinen übel dunstenden und widerwärtig schleimigen Häuten; aber in ihr war es nur eine unruhige, ungenau gestaltete Dunkelheit, die manchmal unter ihrem wachen Bewußtsein hinglitt, oder ein Wald endlos und zärtlich wie ein Mann im Schlaf, es hatte nichts in ihr von einem Tier, nur gewisse Linien seiner Wirkung auf ihre Seele, über sich hinaus verlängert... Und Demeter sagte dann: ich brauche mich bloß zu beugen..., und Johannes sagte mitten am Tag: es hat sich etwas in mir gesenkt, verlängert... Und es gab einen ganz weichen, blassen Wunsch in ihr, daß Johannes tot sein möge. Und es gab – verworren noch im Wachen – ein wahnsinnig stilles ihn Ansehn, wo sie ihre Blicke leise wie Nadeln in ihn hineingleiten ließ, tiefer und tiefer, ob nicht in einem Zittern seines Lächelns, in einem Verziehen seiner Lippen, in irgendeiner Bewegung der Qual etwas wie ein Toter Verschenktes sich ihr plötzlich mit der unberechenbaren Fülle des Lebendigen verwirklicht entgegenhübe. Seine Haare wurden dann wie ein Gestrüpp und seine Nägel wurden wie große glimmrige Platten, sie sah feuchtfließende Wolken im Weißen seiner Augen und kleine spiegelnde Teiche, er lag ganz geöffnet häßlich da, mit entwaffneten Grenzen, aber seine Seele war noch in einem letzten Gefühl nur von sich selbst verborgen. Und er sprach von Gott, da dachte sie: mit Gott meint er jenes *andere* Gefühl, vielleicht von einem Raum, in dem er leben möchte. Es war krank von ihr, was sie dachte. Aber sie dachte ja auch: ein Tier müßte wie dieser Raum sein, so nah vorübergleitend, wie Wasser in den Augen zu großen Figuren zerrinnt, und doch klein und fern, wenn man es als draußen vor sich sieht; warum darf man im Märchen so an Tiere denken, die Prinzessinnen bewachen? War es krank? Sie fühlte in dieser einen Nacht sich und diese Gebilde licht auf einer ahnungsvollen Angst des Wiederversinkens. Ihr kriechendes waches Leben würde wieder darüber zusammenbrechen, sie wußte es und sie sah, daß alles dann krank und voll Unmöglichkeiten war, aber wenn man seine verlängerten Einzelheiten halten könnte, wie Stäbe in einer Hand, ohne das Widrige, das hinzukommt, wenn sie sich zu einem wirklichen Ganzen verkleben ...: ihr Denken konnte in dieser Nacht die Vorstellung einer gebirgsluftungeheuren Gesundheit erreichen, voll einer Leichtigkeit des Verfügens über ihre Gefühle.

Wie in manchmal vor Spannung zerrissenen Ringen wirbelte dieses Glück durch ihre Gedanken. Du bist tot, träumte ihre Liebe und sie meinte nichts als dieses seltsame Gefühl mitten zwischen ihr und außen, in dem Johannes' Vorstellung für sie lebte, aber die Lichter spiegelten sich heiß auf ihren Lippen. Und alles, was in dieser Nacht geschah, war nichts als ein solcher Schein der Wirklichkeit, der, irgendwo in ihrem Körper flackernd zwischen Stücken ihres Gefühls verrinnend, deren undeutliche Schatten nach außen warf. Ihr war dann, als fühlte sie Johannes ganz nahe bei sich, so nahe wie sich selbst. Er gehörte ihren Wünschen und ihre Zärtlichkeit ging ungehindert durch ihn, wie die Wellen durch jene weichen, purpurnen Glockentiere, die im Meere schweben. Zuweilen aber lag ihre Liebe nur weit und sinnlos über ihm wie das Meer, müd schon, manchmal wie das Meer vielleicht über seiner Leiche lag, groß und sanft wie eine Katze, die in zärtlichen Träumen schnurrt. Wie ein murmelndes Wasser rannen dann die Stunden.

Und schon als sie aufschrak, empfand sie zum erstenmal Kummer. Es war kühl um sie, die Kerzen waren herabgebrannt und nur eine letzte leuchtete noch; auf dem Platz, wo sonst Johannes gesessen hatte, war jetzt ein Loch im Raum, das alle ihre Gedanken nicht füllen konnten. Und plötzlich verlosch lautlos auch dieses eine Licht, wie ein letzter Weggehender leise die Türe schließt; Veronika blieb im Dunkel.

Demütig wandernde Geräusche gingen durch das Haus, die Stiegen schüttelten mit einem scheuen Dehnen den Druck der Schreitenden wieder von sich ab, irgendwo nagte eine Maus und dann bohrte ein Käfer im Holz. Als eine Uhr schlug, begann sie sich zu fürchten. Vor dem unaufhörlichen Leben dieses Dings, das, während sie übernächtig wachte, ruhlos beschäftigt durch alle Zimmer schritt, bald an der Decke, bald tief unten am Boden. Wie ein Totschläger ohne zu wissen zuschlägt und zerstückelt, bloß weil Zuckungen nicht aufhören wollen, hätte sie den leisen Klang, den sie jetzt ohne Ende hörte, packen mögen und würgen. Und mit einemmal fühlte sie ihre Tante schlafen, ganz rückwärts im hintersten Zimmer, mit vielen Runzeln in ihrem strengen Lederantlitz; und die Dinge standen dunkel und schwer und ohne Spannung; und sie ängstigte sich bereits wieder in diesem fremden, sie umschließenden Dasein.

Und nur etwas, – aber es war kaum eine Stütze mehr, bloß ein langsam mit ihr Sinkendes, – hielt sie. Es war schon eine Ahnung in ihr, daß sie es nur selbst sei, die sie so fühlbar sinnlich empfand, statt Johannes. Es lag schon über ihrer Einbildung ein Widerstand von der Wirklichkeit des Tags, von Scham, von den festen Dingen geltenden Worten der Tante, von Demeters Hohn, ein Schließen der Enge, schon ein Abscheu vor Johannes, ein heraufdämmernder Zwang, dies alles so zu empfinden wie eine schlaflose Nacht, und selbst jene lang gesuchte Erinnerung, als wäre sie in diesen Stunden heimlich gewandert, lag längst wieder klein und fern und hatte an ihrem Leben nie etwas zu ändern vermocht. Aber wie ein Mensch geht, mit blassen Ringen unter den Augen, nach Ereignissen, die er niemandem verraten würde, und seine Absonderlichkeit und Schwäche zwischen allem Starken und vernünftig Lebendigen wie eine fadendünn und leise dahinwandernde Melodie empfindet, war eine feine, nagende Seligkeit darüber trotz ihres Kummers in ihr, die ihren Körper höhlte, bis er sich weich und zärtlich wie eine dünne Kapsel trug.

Es lockte sie plötzlich, sich zu entkleiden. Bloß für sich selbst, bloß für das Gefühl, sich nahe zu sein, mit sich selbst in einem dunklen Raum allein zu sein. Es erregte sie, wie die Kleider leise knisternd zu Boden sanken; es war eine Zärtlichkeit, die ein paar Schritte in die Dunkelheit hinaustat, als ob sie jemand suchte, sich besann und zurückeilte, um sich an den eigenen Körper zu schmiegen. Und als Veronika langsam, mit zögerndem Genießen ihre Kleider wieder aufnahm, waren diese Röcke, die in der Finsternis mit Falten, in denen wie Teiche in dunklen Höhlen träg noch ihre eigene Wärme säumte, und bauschigen Räumen um sie stiegen, etwas wie Verstecke, in denen sie kauerte, und wenn ihr Körper hie und da heimlich an seine Hüllen stieß, zitterte eine Sinnlichkeit durch ihn, wie ein verborgenes Licht hinter geschlossenen Läden unruhig durch ein Haus geht.

Es war dieses Zimmer. Veronikas Blick suchte unwillkürlich den Platz, wo an der Wand der Spiegel hing, und fand ihr Bild nicht; sie sah nichts,... vielleicht ein undeutlich gleitendes Leuchten im Dunkel, vielleicht mochte auch dies Täuschung gewesen sein. Die Finsternis füllte das Haus wie eine schwere Flüssigkeit, sie schien nirgends darin zu sein; sie begann zu gehen, überall war nur die Dunkelheit, nirgends sie und doch fühlte sie nichts als sich und wo sie ging, war sie und war nicht, wie unausgesprochene Worte manchmal in einem Schweigen. So hatte sie einmal mit Engeln gesprochen, als sie krank lag, damals standen sie um ihr Bett und von ihren Flügeln, ohne daß sie sie rührten, tönte ein dünner, hoher Laut, der die Dinge durchschnitt. Die Dinge zerfielen wie taube Steine, die ganze Welt lag mit scharfen muscheligen Brüchen da und nur sie selbst zog sich zusammen; vom Fieber verzehrt, dünn geschabt wie ein welkes Rosenblatt, war sie durchsichtig geworden für ihr Gefühl, sie spürte ihren Körper von überall zugleich und ganz klein beisammen, als hielte sie ihn mit einer Hand umschlossen, und rings um ihn standen Männer mit raschelnden und leis wie von Haaren knisternden Flügeln. Für die andern schien alles nicht da zu

sein; wie ein flimmerndes Gitter, durch das man nur hinaus-
sehen konnte, lag jenes Tönen davor. Und Johannes sprach
mit ihr wie mit jemandem, den man schonen muß und nicht
ernst nimmt; und im Nebenzimmer ging Demeter auf und
ab, sie hörte seine höhnischen Schritte und seine große, harte
Stimme. Und hatte immer nur das Gefühl, Engel standen um
sie, Männer mit wunderbar gefiederten Händen, und während die andern sie für krank hielten, schienen sie selbst, wo
immer sie waren, in einem unsichtbar hindurchgespannten
Kreis zu stehn. Und damals schien ihr schon, daß sie alles er-
reicht hätte, aber es war nur ein Fieber und sie begriff, daß es
so sein mußte, als es wieder verging.

Jetzt aber war von diesem Kranksein etwas in der Sinnlichkeit, mit der sie sich selbst empfand. Sie wich, vorsichtig sich
einziehend, den Gegenständen aus und fühlte sie schon von
ferne; es war ein leises Verströmen und Zusammensinken ihrer Hoffnung in ihr, vor dem alles außen zerborsten und leer
und hinter dem alles weich wie hinter stillen Vorhängen von
zerfallender Seide wurde. Allmählich ward es grau und mild
von Frühlicht im Hause. Sie stand oben am Fenster, es wurde
Morgen; die Leute kamen zum Markte. Hie und da schlug
ein Wort zu ihr herauf; sie beugte sich dann, als wollte sie
ihm ausweichen, in die Dämmerung zurück.

Und leise legte sich etwas um Veronika, es war eine Sehnsucht so ziel- und wunschlos in ihr wie das wehe unbestimm-
te Ziehen im Schoß vor den wiederkehrenden Tagen. Sonderbare Gedanken strichen durch sie: nur sich so zu lieben,
das ist, wie wenn man vor einem alles tun könnte; und als
sich dazwischen, jetzt wie ein hartes, häßliches Gesicht, noch
einmal die Erinnerung heraufschob, daß sie Johannes getötet
habe, erschrak sie nicht, – sie tat sich nur selbst weh, als sie
ihn sah, das war, wie wenn sie sich von innen gesehen hätte,
voll Abscheulichem und Gedärmen, die wie große Würmer
verschlungen waren, aber zugleich sah sie ihr Sichansehen

mit und empfand Grauen, doch es war noch in diesem Grauen vor sich etwas Unentreißbares von Liebe. Eine erlösende Müdigkeit breitete sich über sie, sie sank zusammen und war in das, was sie getan hatte, wie in einen kühlen Pelz gehüllt, ganz traurig und zärtlich, ein stilles Beisichsein, ein sanftes Leuchten,… wie man noch an seinem Schmerz etwas liebt und im Kummer lächelt.

Und je heller es wurde, desto unwahrscheinlicher erschien ihr, daß Johannes tot sei, es war nur noch eine leise Begleitung, aus der sie sich selbst herauslöste. Es war – mit einer wieder nur mehr ganz fernen, ungeglaubten Beziehung zu ihm – als ob sich auch eine letzte Grenze zwischen ihnen beiden öffnete. Sie empfand eine wollüstige Weichheit und ein ungeheures Nahesein. Mehr noch als eines des Körpers eines der Seele; es war wie wenn sie aus seinen Augen heraus auf sich selbst schaute und bei jeder Berührung nicht nur ihn empfände, sondern auf eine unbeschreibliche Weise auch sein Gefühl von ihr, es erschien ihr wie eine geheimnisvolle geistige Vereinigung. Sie dachte manchmal, er war ihr Schutzengel, er war gekommen und ging, nachdem sie ihn wahrgenommen hatte, und wird doch von nun an immer bei ihr sein, er wird ihr zusehen, wenn sie sich auskleidet, und wenn sie geht, wird sie ihn unter den Röcken tragen; seine Blicke werden so zart sein wie eine beständige, leise Müdigkeit. Sie dachte es nicht von ihm, sie fühlte es nicht, nicht von diesem gleichgültigen Johannes, es war etwas bleichgrau Gespanntes in ihr, und wenn die Gedanken gingen, säumten sie sich hell wie dunkle Gestalten vor einem Winterhimmel. Bloß so ein Saum war es. Von tastender Zärtlichkeit. Es war ein leises Herausheben,… ein stärker werden und doch nicht da sein,… ein nichts und doch alles…

Sie saß ganz still und spielte mit ihren Gedanken. Es gibt eine Welt, etwas Abseitiges, eine andere Welt oder nur eine Traurigkeit… wie von Fieber und Einbildungen bemalte

Wände, zwischen denen die Worte der Gesunden nicht tönen und sinnlos zu Boden fallen, wie Teppiche, auf denen zu schreiten, ihre Gebärden zu schwer sind; eine ganz dünne, hallende Welt, durch die sie mit ihm schritt, und allem, was sie tat, folgte darin eine Stille und alles, was sie dachte, glitt ohne Ende, wie Flüstern in verschlungenen Gängen.

***

Und als es ganz klar und bleich und Tag geworden war, kam der Brief, ein Brief, wie er kommen mußte, Veronika begriff sofort: wie er kommen mußte. Es pochte am Haus und riß durch die Stille, wie ein Felsblock eine dünne Schneedecke zerschlägt; durch das geöffnete Tor bliesen Wind und Helligkeit herein. In dem Brief stand, was bist du, ich habe mich nicht getötet? Ich bin wie einer, der auf die Straße hinaus fand. Ich bin heraußen und kann nicht zurück. Das Brot, das ich esse, das schwarz-braune Boot, das am Strande liegt und mich hinaustragen sollte, das Leisere, Undeutlichere, Füllwarme, nicht vorschnell Verfestigte, alles Lärmende, Lebendige ringsum hält mich fest. Wir werden darüber sprechen. Es ist alles heraußen bloß einfach und ohne Zusammenhang und übereinandergestreut wie ein Haufen Schutt, aber ich bin davon wie ein Pfahl gefaßt und verrammt und wieder verwurzelt worden...

Es stand noch anderes in dem Brief, aber sie sah nur dieses eine: ich fand auf die Straße. Es enthielt dennoch, obwohl es kommen mußte, kaum angedeutet, etwas Höhnisches in diesem rücksichtslos rettenden Sprung von ihr fort. Es war nichts, gar nichts, nur wie ein Kühlwerden am Morgen, und einer fängt laut zu sprechen an, weil der Tag kommt. Es war endgültig alles um solch einen geschehn, der nun ernüchtert zusah. Von diesem Augenblick an, durch lange Zeit, dachte Veronika nichts, noch empfand sie etwas; nur eine ungeheure, von keiner Welle durchbrochene Stille glänzte um sie, bleich und leblos wie Teiche, die stumm im Frühlicht liegen.

Als sie dann aufwachte und von neuem nachzudenken begann, geschah es wieder wie unter einem schweren Mantel, der sie hinderte, sich zu bewegen, und wie Hände unter einer Hülle, die sie nicht abwerfen können, sinnlos werden, verwirrten sich ihre Gedanken. Sie fand nicht in die einfache Wirklichkeit. Daß er sich nicht erschossen hatte, war nicht die Tatsache, daß er lebte, sondern es war etwas in ihrem Dasein, ein Verstummen, ein wieder Sinken, es verstummte etwas in ihr und sank wieder in jene murmelnde Vielstimmigkeit zurück, aus der es sich kaum herausgehoben hatte. Sie hörte sie mit einemmal wieder von allen Seiten. Es war jener enge Gang, in dem sie einst lief und dann kroch und dann kam jenes Weiterwerden, jenes leise Heben und Sichaufrichten und nun schloß es sich wieder. Ihr war trotz der Stille, als ob Menschen um sie stünden und beständig leise sprächen. Sie verstand nicht, was sie sich sagten. Es war wunderbar heimlich, nicht zu verstehn, was sie sich sagten. Ihre Sinne waren in ganz dünne Flächen gespannt und diese Stimmen schlugen raschelnd daran wie die Zweige eines wirren Gestrüpps.

Fremde Gesichter tauchten auf. Es waren lauter fremde Gesichter, die Tante, Freundinnen, Bekannte, Demeter, Johannes, sie wußte es wohl, aber doch blieben es fremde Gesichter. Sie bekam plötzlich Angst vor ihnen, wie jemand, der fürchtet, streng behandelt zu werden. Sie mühte sich, an Johannes zu denken, aber sie konnte sich nicht mehr vorstellen, wie er vor wenigen Stunden aussah, er verfloß ihr mit den andern; es fiel ihr ein, daß er von ihr weggegangen war, ganz fern, wie unter eine Menge; es war ihr, als ob irgendwo da heraus seine Augen listig und versteckt auf sie schauen müßten. Sie spannte sich ganz klein davor zusammen und wollte sich schließen, aber sie empfand sich nur mehr mit einer leise zerfließenden Deutlichkeit.

Und allmählich verlor sie überhaupt das Gefühl, etwas anderes gewesen zu sein. Sie konnte sich kaum mehr von den andern unterscheiden und alle diese Gesichter waren kaum mehr voneinander zu unterscheiden, sie tauchten auf und verschwanden ineinander, sie waren ihr eklig wie ungekämmtes Haar und doch verstrickte sie sich in ihnen, sie antwortete ihnen, die sie nicht verstand, sie hatte nur das eine Bedürfnis, etwas zu tun, es war eine Unruhe in ihr, die unter ihrer Haut wie Tausende kleiner Tiere herauswollte, und immer neu tauchten die alten Gesichter auf, das ganze Haus war voll dieser Unruhe.

Sie sprang auf und tat ein paar Schritte. Und plötzlich schwieg alles. Sie rief und nichts antwortete; sie rief noch einmal und hörte sich kaum. Sie sah suchend umher, reglos stand alles auf seinem Platz. Und doch fühlte sie sich.

**

Was dann kam, war zunächst ein kurzes Taumeln durch wenige Tage. Eine verzweifelte Anstrengung manchmal, sich zu erinnern, was es gewesen sei, das sie jenes eine Mal wie wirklich fühlte, und was sie getan haben mochte, daß es so kam. Veronika ging in dieser Zeit unruhig durch das Haus; es kam vor, daß sie in der Nacht aufstand und durch das Haus ging. Aber sie spürte dabei zuweilen nur das Kahle, Weißgetünchte der im Kerzenschein um sie aufragenden Stuben, an dem die Finsternis noch wie in Fetzen hing; sie spürte es wie etwas schreiend Wollüstiges, das hoch und reglos an den Wänden aufgerichtet stand. Wenn sie sich vorstellte, wie der Fußboden unter ihren nackten Füßen dahinlief, konnte sie minutenlang bewegungslos dastehn und nachdenken, wie wenn sie in einem fließenden Wasser unter sich eine bestimmte Stelle mit den Blicken festhalten wollte; es packte sie dann ein Schwindel, der von jenen Gedanken ausging, die sie nicht mehr wahrnehmen konnte, und erst wenn sich ihre

Zehen in die Fugen der Diele krampften und dort von dem feinen, weichen Staub berührt wurden oder ihre Sohlen die kleinen unreinen Rauheiten des Bodens empfanden, wurde ihr leichter, wie wenn sie einen Schlag auf den entblößten Körper empfangen hätte.

Aber allmählich fühlte sie nur dieses Gegenwärtige und die Erinnerung an jene Nacht war nichts, das sie wieder erwartete, sondern nur jener Schatten von verborgener Freude an sich, den sie gewonnen hatte, auf der Wirklichkeit, in der sie lebte. Sie schlich manchmal bis an die verschlossene Haustür und lauschte, bis sie einen Mann vorübergehen hörte. Die Vorstellung, daß sie dort stand, in bloßem Hemd, fast nackt und unten offen, während draußen einer vorbeiging, so nah und nur durch ein Brett getrennt, bog sie fast zusammen. Am geheimnisvollsten schien ihr aber, daß auch draußen noch etwas von ihr war, denn ein Strahl ihres Lichts fiel durch den dünnen Schlüsselspalt und das Zittern ihrer Hand mußte in ihm tastend über die Kleider des Wanderers huschen.

Und einmal dabei dachte sie plötzlich daran, daß sie jetzt mit Demeter allein in dem Haus war, mit diesem Lasterwirren. Sie zuckte zusammen und seither kam es, daß sie öfter auf den Treppen aneinander vorbeigingen. Sie begrüßten einander auch, aber nur mit ganz belanglosen Worten. Bloß einmal blieb er nah bei ihr stehen und sie suchten beide nach etwas anderem zum Sagen. Veronika bemerkte seine Knie in den engen Reithosen und seine Lippen, die wie ein kurzer breiter blutiger Schnitt waren, und sie dachte, wie Johannes wohl sein werde, da er doch wiederkommen wird; wie etwas Riesengroßes sah sie in diesem Augenblick die Spitze von Demeters Bart vor der fahlen Fläche eines Fensters. Und nach einer Weile gingen sie weiter, ohne noch gesprochen zu haben.